TEATRO DE
ALUÍSIO AZEVEDO
E EMÍLIO ROUÈDE

Aluísio Azevedo. Ilustração de Alexandre Camanho.

TEATRO DE ALUÍSIO AZEVEDO E EMÍLIO ROUÈDE

Edição preparada por
JOÃO ROBERTO FARIA

Martins Fontes
São Paulo 2002

Copyright © 2002, Livraria Martins Fontes Editora Ltda.,
São Paulo, para a presente edição.

1ª edição
setembro de 2002

Introdução e organização
JOÃO ROBERTO FARIA

Preparação do original
Luzia Aparecida dos Santos
Revisão gráfica
Sandra Garcia Cortes
Maysa Monção
Produção gráfica
Geraldo Alves
Paginação
Moacir Katsumi Matsusaki
Fotolitos
Studio 3 Desenvolvimento Editorial

Dados Internacionais de Catalogação na Publicação (CIP)
(Câmara Brasileira do Livro, SP, Brasil)

Teatro de Aluísio Azevedo e Emílio Rouède / edição preparada por João Roberto Faria. – São Paulo : Martins Fontes, 2002. – (Coleção dramaturgos do Brasil)

Bibliografia.
ISBN 85-336-1626-0

1. Azevedo, Aluísio, 1857-1913 – Crítica e interpretação 2. Rouède, Emílio, 1850-1908 – Crítica e interpretação 3. Teatro brasileiro 4. Teatro brasileiro – História e crítica I. Faria, João Roberto. II. Série.

02-4755	CDD-869.92

Índices para catálogo sistemático:
1. Peças teatrais : Literatura brasileira   869.92
2. Teatro : Literatura brasileira   869.92

Todos os direitos desta edição reservados à
Livraria Martins Fontes Editora Ltda.
Rua Conselheiro Ramalho, 330/340 01325-000 São Paulo SP Brasil
Tel. (11) 3241.3677 Fax (11) 3105.6867
e-mail: info@martinsfontes.com.br http://www.martinsfontes.com.br

COLEÇÃO "DRAMATURGOS DO BRASIL"

Vol. III – Aluísio Azevedo e Emílio Rouède

Esta coleção tem como finalidade colocar ao alcance do leitor a produção dramática dos principais escritores e dramaturgos brasileiros. Os volumes têm por base as edições reconhecidas como as melhores por especialistas no assunto e são organizados por professores e pesquisadores no campo da literatura e dramaturgia brasileiras.

João Roberto Faria, que preparou o presente volume, é o coordenador da coleção. Doutor em Letras e Livre-Docente pela Universidade de São Paulo, onde é professor de Literatura Brasileira, publicou, entre outros livros, *Idéias teatrais: o século XIX no Brasil* (São Paulo, Perspectiva/Fapesp, 2001).

ÍNDICE

Introdução: A comédia e o drama do adultério IX
Cronologia XXXIII
Nota sobre a presente edição XXXIX

PEÇAS DE ALUÍSIO AZEVEDO E EMÍLIO ROUÈDE

Lição para maridos 1
O caboclo 159

INTRODUÇÃO

A COMÉDIA E O DRAMA DO ADULTÉRIO

João Roberto Faria

1

As duas peças que integram este volume jamais haviam sido publicadas. Os manuscritos, guardados durante muitos anos por D. Pastor Azevedo Luquez, filho adotivo de Aluísio Azevedo, chegaram às mãos de um bisneto de Emílio Rouède e foram doados à Biblioteca Nacional do Rio de Janeiro em 1994. Disponíveis para os pesquisadores a partir dessa data, *Lição para maridos*, comédia, e *O caboclo*, drama, ganham agora uma primeira edição que as resgata do esquecimento, dando-lhes a oportunidade de atingir leitores e eventualmente novos espectadores, uma vez que só foram encenadas em 1885, a primeira, e em 1886, a segunda.

Dos seus autores, um dispensaria apresentações, se o que estivesse em pauta fosse a obra que o consagrou como o nosso mais importante romancista do Naturalismo. Mas o que se sabe do envolvimento ou da dedicação de Aluísio Azevedo ao teatro? Muito pouco. Quanto ao seu parceiro, Emílio Rouède, trata-se de nome hoje completamente desconhecido até mesmo entre estudantes universitários, embora no seu tempo gozasse de algum prestígio no meio intelectual. É preciso, pois, esclarecer alguns aspectos relacionados à biografia de cada um, notadamente no que se refere às atividades dramatúrgicas que desenvolveram, para depois avaliar a contribuição individual ou em parceria que deram para o teatro brasileiro.

Comecemos por Aluísio Azevedo. Nascido em 1857, em São Luís do Maranhão, seu contato com o teatro intensificou-se a partir de 1876, quando foi morar no Rio de Janeiro. Seu irmão Artur, dois anos mais velho, estava começando uma promissora carreira de comediógrafo e provavelmente o estimulou a trabalhar como pintor de cenários, além de lhe ter aberto as portas da imprensa humorística, na qual atuou como caricaturista. A morte inesperada do pai, em agosto de 1878, levou Aluísio de volta a São

Luís, onde o interesse pelo teatro manifestou-se ainda mais forte. Nos três anos que se seguiram, ele desenvolveu intenso trabalho jornalístico, envolvendo-se em campanhas que visavam a melhorar o nível das atividades teatrais. Em vários folhetins, atacou o Romantismo e os dramalhões ainda presentes nos palcos da cidade e defendeu o Realismo e as obras dramáticas de Alexandre Dumas Filho e Émile Zola. Aluísio queria um teatro que fosse feito a partir da observação crítica da vida social e que fosse um instrumento de educação do povo. Em função das suas idéias, polemizou com intelectuais conservadores e com o clero, enquanto, à surdina, preparava uma verdadeira bomba que logo cairia sobre São Luís: o romance *O mulato*. Com efeito, o escândalo, a polêmica, as repercussões foram enormes. A sociedade local sentiu-se ultrajada pela descrição dos costumes que trazia à tona a questão da escravidão, o preconceito racial das famílias abastadas e a hipocrisia do clero, representado por um cônego devasso e criminoso. Já não havia lugar para Aluísio naquela cidade. Em setembro de 1881, ele estava de volta ao Rio de Janeiro, para uma vida de muito trabalho como romancista, dramaturgo e cronista. Foram essas atividades que lhe deram sustento até 1895, quando foi aprovado em concurso na Secretaria do Exterior para cônsul de carreira, conseguindo então um emprego estável.

Como dramaturgo, Aluísio começou com o apoio do irmão Artur. Em 1879, teriam escrito a comédia *Os doidos*, da qual publicaram apenas um fragmento no número 1 da *Revista dos Teatros*. Em 1882, escreveram juntos a comédia *Casa de Orates* e a opereta *A flor-de-lis*. A primeira foi um fracasso de bilheteria, talvez pelo fato de ser uma comédia de costumes sem música, com alguma preocupação literária; já a segunda foi bem-sucedida, não só porque satisfazia o gosto do grande público com a música e a licenciosidade típica do gênero, mas também porque o Imperador D. Pedro II, presente à estréia, abandonou o teatro antes de terminado o espetáculo, escandalizado talvez pelas brejeirices da peça. Essa atitude provocou vários comentários na imprensa e despertou obviamente a curiosidade pública.

Façamos um parêntese para lembrar que, ao longo das três últimas décadas do século XIX, o predomínio do teatro cômico e musicado ou das peças aparatosas foi absoluto nos palcos do Rio de Janeiro. Operetas, mágicas, revistas de ano e mesmo os melodramas ou os dramas fantásticos eram os gêneros preferidos pela platéia que desejava ir ao teatro apenas para se divertir. Poucos empresários tinham coragem de pôr em cena peças com pretensões literárias, que em geral não ficavam muito tempo em cartaz. Aluísio, à semelhança de outros intelectuais, batia-se por um teatro de qualidade literária, mas muitas vezes viu-se na necessidade de escrever para o grande público. Aliás, pode-se dizer o mesmo do romancista, autor de folhetins românticos e de bons romances naturalistas. Coelho Neto, no romance *A conquista* – um romance *à clef* –, relembra as discussões de Aluísio com um empresário teatral a respeito de uma comédia sem música que havia escrito: "O senhor Heller entende que devo arranjar umas coplas e um jongo para a comédia. Uma comédia de costumes, que joga com cinco personagens... O homem quer, a todo transe, que venham negros à cena com maracás e tambores, dançar e cantar [...]. Diz ele que o público não aceita uma peça serena, sem chirinola e saracoteios"[1].

A prova de que Aluísio não havia esquecido as idéias que defendera na imprensa de São Luís é o seu trabalho seguinte para o teatro: a adaptação do romance *O mulato*, que estreou em outubro de 1884 no Teatro Recreio Dramático, protagonizado pelo ator e empresário Dias Braga[2]. Nessa altura, bastante influenciado pelo

---

1. Coelho Neto, *A conquista*, Rio de Janeiro, Civilização Brasileira, 1985, p. 32.
2. Em janeiro de 1884, houve três representações da "espirituosa comédia em um ato *Filomena Borges*", conforme se lê nos anúncios dos jornais da época, mas sem nome do autor e sem referência ao romance homônimo de Aluísio Azevedo. Os biógrafos do escritor, contudo, consideram-no o autor da adaptação.

Naturalismo, ele já havia publicado um dos seus melhores romances, *Casa de pensão*, e não é improvável que desejasse levar ao palco um pouco do movimento literário que o seduzia cada vez mais. Além disso, impossível não ver em sua iniciativa o reflexo das adaptações de alguns romances de Émile Zola, como *Thérèse Raquin*, feita pelo próprio escritor, e de *L'Assommoir* e *Nana*, feitas por William Busnach, um profissional do ramo. As três haviam sido representadas no Rio de Janeiro em 1880 e 1881, provocando debates na imprensa acerca das dificuldades para se adaptar um romance naturalista ao teatro e das próprias possibilidades desse movimento literário no terreno dramático.

Aluísio enfrentou o desafio e, segundo alguns comentários da época, não se saiu mau. *O mulato* resultou num drama forte, fiel ao espírito do romance, agitando no palco a questão da escravidão e do preconceito racial num momento em que a sociedade brasileira estava dividida entre o abolicionismo e a conservação do sistema escravista. Alguns folhetinistas, porém, não gostaram da adaptação, exatamente porque trazia para a cena alguns aspectos desagradáveis da vida cotidiana, reproduzidos com a exatidão desejável num espetáculo naturalista.

Ainda segundo os testemunhos da época, o teatro estava cheio na estréia, e o público aplaudiu bastante o desempenho dos artistas. Mas isso de nada adiantou. Depois de meia dúzia de representações, *O mulato* saiu de cartaz, substituído por um dramalhão que sempre fazia sucesso: *O conde de Monte Cristo*.

2

É impossível estabelecer exatamente o momento em que Aluísio e Emílio Rouède se tornaram amigos. Talvez tenha sido por volta de 1883 ou 1884, ou mesmo um pouco antes. O que se sabe, de concreto, é que no dia 15 de novembro de 1885 estréia no Teatro Lucinda a primeira das seis peças que escreveram juntos: *Venenos que curam*, posteriormente renomeada *Lição para maridos*. Rouède, francês de Avignon, nascido em 1850, chegou ao Brasil por volta de 1880, depois de ter vivido alguns anos na Espanha e possivelmente no Marrocos. Espírito aventureiro, pintor e amigo da vida noturna, logo conquistou a amizade de uma roda de intelectuais ligados à boêmia literária da época, como Olavo Bilac, Coelho Neto, Artur Azevedo e o próprio Aluísio. Sabe-se também que, em 1882, ele expôs seus quadros no Salão da Sociedade Propagadora de Belas-Artes, no Liceu de Artes e Ofícios, onde se tornou professor, e que em 1884 apresentou seus trabalhos no Salão da Imperial Academia de Belas-Artes. É lícito supor que a amizade com Aluísio nasceu em função do interesse comum que tinham pela pintura. Ninguém ignora que o sonho adolescente do autor de *O cortiço* era ser pintor, e que isso havia motivado sua primeira viagem ao Rio de Janeiro, em 1878.

Mas voltemos a *Lição para maridos*. O leitor vai se divertir com essa comédia de costumes em quatro atos, muito parecida com as produções de França Júnior. Não lhe faltam humor, ritmo, bons diálogos, situações hilariantes e uma certa graça vaudevilesca. A ação gira em torno de um barão e major que já não encontra nenhum tipo de prazer no casamento e, para desespero da esposa, passa a maior parte de seu tempo com a prostituta Clotilde. Fazê-lo voltar ao lar é o projeto de Carlos, o filho da desditosa mulher e enteado do marido estróina. Por força de uma dessas coincidências típicas do gênero cômico, Clotilde estava interessada justamente no jovem Carlos, que lhe fala do sofrimento da mãe e a convence a ajudá-lo. A estratégia é então traçada pela própria moça, que resolve aplicar no amante um "veneno que cura". *Similia similibus*, ela diz ao rapaz, quando se despedem. A frase inteira, lema da medicina homeopática e de autoria do médico alemão Hahnemann, é *similia similibus curantur*, ou seja, o semelhante cura o semelhante. A partir daí, a comicidade vai estar centrada num recurso infalível. Clotilde reproduz no relacionamento com o barão os cuidados de esposa que ele tanto detestava, exagerando-os de tal modo que ao final de três meses o vemos voltar para casa. Como se trata da "comédia do adultério", não do drama, a mulher o perdoa e tudo volta ao normal.

Igualmente bem construídos são os personagens coadjuvantes do barão e de Clotilde. Ramiro e Agripina funcionam como os confidentes da comédia clássica: ouvem os desabafos dos patrões – reveladores do que são e do que pensam –, mas ao mesmo tempo têm vôo próprio, constituindo-se em tipos cômicos que protagonizam algumas cenas e alguns diálogos bastante engraçados. Agripina, por exemplo, com sua mania de poupar tudo o que ganha e com sua obsessão pela caderneta da Caixa Econômica, provoca inevitavelmente o riso, pelo recurso da repetição. Por outro lado, é também graças a ela que um assunto sério é incorporado à comédia: a luta abolicionista. Sua leitura de trechos de um artigo inflamado do *Jornal do Comércio*, as perguntas ao barão e os comentários que faz do que lê não só são hilários como dão uma idéia do clima político no Brasil de 1885. Mais ainda: duas referências ao universo do Naturalismo são colocadas na boca da personagem. No primeiro ato, em diálogo com Clotilde, Agripina refere-se ao "temperamento sangüíneo-nervoso" do barão, significando com isso que é muito fácil para a prostituta explorar a sua fortuna. E, no terceiro ato, dirigindo-se ao barão, ela pede-lhe que "faça festinhas" a Clotilde, senão a moça terá um ataque "histórico". A graça, aqui, está na confusão que a personagem faz com "histérico". É bem provável que Aluísio, nessa altura, estivesse fazendo leituras sobre a histeria feminina, assunto central do romance *O homem*, publicado no início de 1887. *Lição para maridos*, porém, não aprofunda as idéias naturalistas. Em relação à adaptação de *O mulato*, é um recuo, provavelmente motivado pelas críticas e restrições ao naturalismo teatral, comuns na imprensa da época[3].

Sobre os personagens principais, não deixa de ser curioso observar que Aluísio reelabora o mito romântico da prostituta boa de coração, capaz de se regenerar, conforme o modelo presente em *A dama das camélias*, de Alexandre Dumas Filho. Clotilde age por amor a Carlos, abdicando de uma fonte de renda segura, para no final ficar sozinha. Em seu raciocínio, a ajuda prestada ao rapaz empenhado em devolver o padrasto à mãe não devia ter como recompensa a realização amorosa. Ao contrário, era preciso

---

3. Para uma compreensão mais exata do que foi o naturalismo teatral no Brasil, leia-se João Roberto Faria, *Idéias teatrais: o século XIX no Brasil*, São Paulo, Perspectiva, Fapesp, 2001.

justamente sacrificá-la para que sua "boa ação" adquirisse dignidade. Porque concentrou em Carlos "o que de melhor existe" em sua alma, não consente que ele seja seu amante. Aparentemente há um paradoxo na atitude de Clotilde, mas o que o autor deseja é refutar a idéia de que uma prostituta seja por princípio uma pessoa má – como aliás pensam o barão e sua esposa. Pela boca de Carlos, Aluísio sentencia: "Cada vez mais me convenço de que não há mulher alguma, por mais desvirtuada, que não seja capaz de uma boa ação!". Também não se pode esquecer que a peça se passa em um meio social elegante, propício à alta comédia. Com exceção de Ramiro e Agripina, personagens próximos da caricatura – seja pela gestualidade, pela linguagem e comportamento –, os demais são educados, refinados, sem qualquer comicidade explícita. Assim, embora prostituta, Clotilde é inteligente, sensível, espirituosa, qualidades igualmente presentes em Carlos. Na trama que os envolve, juntamente com o barão, a comicidade vem da situação, não das personagens. O que importa é o modo pelo qual a ação é construída, em sua inversão básica: o marido que abandona a esposa, entediado com o casamento, verá a amante transformar-se numa "esposa" ainda mais abnegada e exagerada em seus cuidados domésticos.

A crítica e o público receberam com simpatia a comédia de Aluísio e Rouède, que atingiu doze representações seguidas, um número razoável para a época e para o gênero a que pertencia. Mesmo assim, Artur Azevedo considerou o número de representações pequeno e aproveitou a sua coluna "De palanque", que publicava regularmente no *Diário de Notícias*, para lamentar que as boas comédias e dramas não conseguissem ficar bastante tempo em cartaz. No dia 18 de dezembro de 1885, escreveu:

> A maior parte desses dramas tem caído por motivos que até hoje a inteligência mais pronta não conseguiu desvendar. O público das primeiras representações aplaudiu a valer, chamando entusiasticamente os autores à cena, nos finais dos atos. A crítica distribuiu os mais levantados elogios entre a peça e o desempenho. Todos disseram bem de uma e outra coisa. Como se pode, pois, explicar o afastamento do público? Por que razão uma peça que agrada, que é aplaudida pelos espectadores e pela imprensa não leva gente ao teatro?

O próprio Artur poderia responder, com argumentos presentes em vários dos seus textos jornalísticos. Os grandes sucessos de bilheteria estavam reservados aos gêneros teatrais mais apreciados pela platéia de seu tempo, conforme já observado.

3

Na peça que escreveram em seguida, *O caboclo*, Aluísio e Rouède distanciaram-se ainda mais dos modelos vigentes, optando pela forma do drama e por um realismo muito forte na construção da ação dramática, dos personagens e da linguagem. Os traços naturalistas acentuam-se, a começar pelo espaço social em que se passa a ação: uma fábrica de cigarros, situada num arrabalde do Rio de Janeiro. Não é muito comum que operários sejam personagens de peças teatrais no Brasil do século XIX. E não é um despropósito considerar que a sugestão possa ter vindo da leitura de romances naturalistas franceses, como *Germinie Lacerteux*, dos irmãos Goncourt, ou *L'Assommoir*, de Zola. Não se pode esquecer também que Aluísio já havia escrito *Casa de pensão*, em 1884, e que seis anos depois publicaria *O cortiço*. Ou seja: tanto como romancista quanto como dramaturgo, ele criava histórias protagonizadas pelas camadas populares do Rio de Janeiro.

No caso de *O caboclo*, porém, não são exatamente as condições de vida dos operários que estão no centro da ação dramática. Embora os vejamos no trabalho, o assunto principal da peça é a obsessão de Virgílio Gonçalves Dias, o patrão, e de Luís, o caboclo do título e seu afilhado, pelo teatro. O primeiro, que via no próprio nome uma predisposição para a arte, é autor de várias peças que são encenadas ali mesmo na fábrica, com os operários improvisados em artistas; e o segundo é um dos seus "atores". A primeira metade da peça é francamente cômica, uma vez que a mulher de Virgílio, Quitéria, quer fazer a fábrica funcionar, enquanto o marido quer que os operários estudem os seus papéis no horário de trabalho. O Caboclo, por sua vez, está tão obcecado pelo papel de Otelo, que está estudando, que não percebe o adultério de sua esposa Luísa com Flávio, um dos operários da fábrica. Está aberto o caminho para o drama. O desenlace se precipita quando Virgílio faz os três representarem uma cena de sua peça *Demócrito* para dois pilantras que se passam por empresários teatrais. O Caboclo percebe a reação de Luísa, observa os risos dos outros operários e, desconfiado, arma uma situação para se certificar do adultério. Nos preparativos para a representação de *Otelo*, vestido a caráter, sufoca a mulher, também já vestida de Desdêmona, enquanto declama trechos do seu personagem.

O que se deve enfatizar é que ao longo do drama alguns personagens referem-se ao temperamento violento dos caboclos brasileiros, como que preparando a cena final e o espírito do espectador para a tragédia inevitável. Afinal, fiéis aos postulados naturalistas, os autores fazem com que o protagonista aja de acordo com o seu temperamento e a sua herança genética, ao se ver traído pela esposa. Além disso, tratava-se de escrever o drama do adultério, não mais a comédia. E, de acordo com os padrões morais do século XIX, as aventuras extraconjugais das esposas eram mais condenáveis do que as dos maridos. A punição com a morte, como se vê em *O caboclo*, contrasta com o perdão que o barão recebe da esposa em *Lição para maridos*. Aluísio e Rouède, porém, não fazem mais que retratar os desfechos talvez mais comuns nesses casos, embora tenham proposto uma solução alternativa para o adultério feminino na peça *Um caso de adultério*, como se verá à frente.

Registre-se, pois, que, além de explorar com bastante competência o metateatro, *O caboclo* apresenta passagens felizes no sentido da reprodução da realidade, como anotaram os críticos da época. No jornal literário *A Semana*, de 10 de abril de 1886, o articulista anônimo – talvez o escritor Valentim Magalhães – elogiou *O caboclo* nos seguintes termos: "Há em toda a peça um largo sopro de verdade, e nalgumas cenas os autores revelam as suas excelentes qualidades de observadores; principalmente no primeiro ato, na cena entre o Caboclo e Luísa, e, no segundo, entre Luísa e Quitéria, que é realmente primorosa". De fato, são cenas que se desenrolam com extrema naturalidade, reproduzindo pelo diálogo e pela gestualidade o cotidiano de pessoas comuns do Rio de Janeiro. Talvez por isso o articulista de *A Semana* tenha visto em *O caboclo* uma tentativa de teatro naturalista. Ou pelo menos do naturalismo possível na ocasião, uma vez que ninguém sabia ao certo como devia ser exatamente o drama desejado por Zola:

> O naturalismo no teatro é uma das maiores aspirações da literatura moderna, aspiração dificílima de realizar por estar o teatro singularmente preso a convenções e porque as platéias, ávidas de emoções violentas, de floreios de linguagem e de tropos imaginosos e guindados, a que as habituou a literatura romântica, recusam a aceitar como a mais elevada expressão da arte a calma realidade fria da verdade. Ora, como na comédia da vida o drama não é mais que um acidente; quem quiser ser verdadeiro no teatro não pode fazer quatro ou cinco atos de cenas emocionais, cheias de transporte e de explosões de paixões.

Ou seja, é no meio da vida comum que o drama irrompe, determinado por uma série de circunstâncias, como demonstra *O caboclo*.

Os críticos dos outros jornais, de um modo geral, gostaram da peça e registraram o sucesso da encenação junto ao público da estréia, que ocorreu no dia 6 de abril de 1886. O Teatro Santana encontrava-se lotado, porque a grande novidade estava na distribuição dos papéis. Vasques, o ator cômico mais popular de sua época, encarregara-se de interpretar o papel do Caboclo, que exigia declamações de trechos de *Otelo* e capacidade para exprimir as tristezas e a infelicidade do protagonista. A peça, aliás, começa com uma discussão entre o Caboclo e a esposa, porque ela não consegue levá-lo a sério como ator. "Não nasceste para as coisas sérias", ela lhe diz. E em seguida: "Não serves para o drama, repito! Tua cara, teus gestos, tua voz não têm nada de dramático! Eu até te acho parecido com o Vasques!". Ele retruca: "Pois hei de provar-te que sou capaz de representar o drama tão bem como os outros".

O diálogo evidentemente extrapola o âmbito ficcional. Não se trata apenas de o Caboclo refutar a mulher, mas de Vasques querer demonstrar para os críticos e o público que tinha talento também para o drama. No desfecho, essa idéia é reforçada em uma das últimas falas do personagem, desvairado após assassinar a mulher. Perguntam-lhe: "Que fizeste?!". E ele responde, para os personagens da cena e platéia: "Fiz o drama! Não queriam drama?! Aqui o têm... Aplaudam! Vamos, aplaudam!".

Tudo indica que o ator Vasques saiu-se bem da empreitada, fazendo por merecer os aplausos do público e os elogios da imprensa. Seu desempenho, na parte dramática da peça, chegou a ser considerado "assombroso". Mais uma vez, porém, o sucesso da estréia não se prolongou por muito tempo. *O caboclo* não foi além de uma dúzia de representações.

4

A amizade entre Aluísio e Rouède estreitou-se bastante com a parceria formada para escrever *Lição para maridos* e *O caboclo*. Em 1886, assinam outro drama juntos, *A adúltera*, que nunca foi encenado e cujo manuscrito se perdeu. E nesse mesmo ano aceitam o convite de Valentim Magalhães, proprietário do jornal *A Semana*, para escreverem, um sobre o outro, na coluna "Galeria do elogio mútuo". Rouède publica o seu artigo no dia 20 de novembro, no qual faz um balanço da carreira literária do amigo, destacando os seus romances e peças teatrais, chamando-o de "um naturalista de raça, um realista original". O artigo de Aluísio, publicado no dia 27 de novembro, é um elogio aos talentos múltiplos de Rouède. Ele começa dizendo que os homens de talento podem ser especialistas ou enciclopédicos e assim retrata o parceiro:

> Emílio Rouède pertence a esta segunda espécie de homens de talento; é um poderosíssimo aparelho de assimilação, eternamente aberto para o mundo ideal do espírito; cada manifestação do belo que lhe passou por diante dos olhos encontrou nele um amante apaixonado; requestou as artes como um

bandolero requesta as moças bonitas; não se quis casar com nenhuma porque não tinha ânimo de abandonar as outras: foi simultaneamente o amante de todas elas. Ora passava os dias com a Música, ora com a Pintura, ora com a Literatura, mas nunca ficou morando com nenhuma: sua alma boêmia freqüentou as repúblicas da Arte como um viajante sem destino que espera no imprevisto descobrir a realização de um vago ideal desconhecido.

Tão depressa foi pintor de marinhas, como foi compositor de música; regente de orquestra, como foi escritor e fotógrafo e prestidigitador.

Tem uma grande facilidade para aprender bem tudo o que deseja. Um dia quis ficar sabendo jogar esgrima, e não descansou enquanto não conseguiu atirar a espada e o florete com perfeição; entendeu que devia jogar o bilboquê, e desde então ninguém mais o excedeu nessa especialidade; quis ser perito na arte culinária, e foi; quis fazer dramas, e fez; quis inventar um processo de impressão tipográfica para desenhos, e inventou-o.

É um demônio!

Como se vê, ambos não pouparam elogios mútuos, fiéis que foram ao espírito da coluna do jornal de Valentim Magalhães.

Em 1887, Aluísio escreveu sozinho a burleta *Macaquinhos no sótão*, representada no Teatro Santana, com o ator Vasques desempenhando o papel principal. Tratava-se, nesse caso, de teatro cômico e musicado, ao gosto do grande público. Ao mesmo gênero pertenciam as duas revistas de ano que escreveu com o irmão Artur: *Fritzmac* e

A República, representadas respectivamente em 1889 e 1890. A parceria com Rouède também continuou firme. Escreveram uma "fantasia em três atos", intitulada *O inferno*, que permaneceu inédita, e duas comédias que foram representadas pela primeira vez no Teatro Lucinda, a 26 de julho de 1890: *Um caso de adultério*, em três atos, e *Em flagrante*, em um ato.

Só a primeira mereceu comentários na imprensa, que não chegou a um acordo sobre a solução para o adultério proposta pelos autores. A peça tem um enredo simples: Madalena, mulher do Coronel Roberto, tem como amante um dos freqüentadores da casa, o Dr. Aníbal. Outro freqüentador, Máximo, não conseguindo os mesmos favores de Madalena, denuncia-a ao Coronel. Este, por sua vez, arma um flagrante, acompanhado de amigos, e expulsa de casa não só o casal de amantes, mas também o delator. Por fim, pede aos amigos que divulguem a cena que presenciaram, como forma de punição para os três personagens envolvidos no adultério.

É uma pena que o manuscrito dessa peça se tenha perdido, porque ela foi anunciada como "peça realista" e comentada pelos folhetinistas como produto do Naturalismo. Na *Gazeta de Notícias* de 28 de julho, por exemplo, lê-se que o público, "surpreendido a princípio, porque não lhe apresentavam os personagens costumeiros desse gênero de peças, aceitou, enfim, o caso que lhe contavam na nudez observada de um estudo naturalista". Nesse jornal, aliás, a crítica foi favorável à peça, considerando sua tese audaciosa e boa a sua construção literária e teatral. Igualmente elogiado foi o espetáculo, que contou com as interpretações de dois artistas de prestígio: Furtado Coelho e Apolônia Pinto.

Mas a imprensa não foi unânime no julgamento de *Um caso de adultério*. No *Diário de Notícias* de 28 de julho, o articulista a considera "uma composição medíocre" do ponto de vista literário e "insignificante" do ponto de vista teatral, já que não traz nenhum ensinamento útil, nenhuma lição proveitosa. Seu aspecto naturalista não era prova de valor, uma vez que "desde Zola, o naturalismo no teatro só tem dado resultados pouco animadores".

Quanto ao público, mais uma vez não correspondeu às expectativas dos autores. Ao cabo de seis representações seguidas, *Um caso de adultério* e a comediazinha *Em flagrante* saíram de cartaz.

Decepcionado com o teatro, Aluísio abandonou o gênero[4], para se dedicar aos romances.

---

4. Segundo seus biógrafos, Aluísio escreveu também o drama fantástico *A mulher*; a "facécia" *Fluxo e refluxo*; as comédias *As minas de Salomão*, *Os maçantes* e *Os visionários*, além de ter traduzido *O drama novo*, de Joaquim Estebañez; *O abismo*, de Dickens, em colaboração com Artur Azevedo; e *Triboulet* – título dado a *Le roi s'amuse*, de Victor Hugo, em colaboração com Olavo Bilac.

Quanto a Rouède, não se tem notícia de que tenha escrito outras peças depois de 1890. Não se conhece a data da peça feita em parceria com João Luso, *O poço da ciência*, que permaneceu inédita. E é de 1888 o "a-propósito em três atos" *Indenização ou República*, que escreveu com Coelho Neto, no qual satirizam os efeitos da Lei Áurea entre alguns fazendeiros que exigiam a indenização pela perda dos escravos, sob pena de engrossarem as fileiras do Partido Republicano.

Não demorou muito tempo para que os dois amigos se separassem para sempre. Em 1893, Rouède participou de protestos contra a ditadura do Marechal Floriano. Perseguido, refugiou-se em Ouro Preto, juntamente com outros intelectuais, entre eles Olavo Bilac. De lá partiu para São Paulo e Santos, onde atuou na imprensa, e morreu em 1908. Aluísio, por sua vez, prestou concurso para cônsul em 1895 e, aprovado, partiu para Vigo, na Espanha, abandonando a literatura para dedicar-se apenas à diplomacia. Depois de Vigo, morou em várias cidades, como Yokohama, Cardiff, Nápoles, Assunção e Buenos Aires, onde morreu em 1913.

O prestígio de Aluísio como romancista ofuscou completamente o seu trabalho como autor teatral. As histórias do teatro brasileiro o ignoraram, e esse ostracismo estendeu-se ao parceiro Rouède. Para isso contribuiu a idéia de que não houve naturalismo teatral no Brasil e que no período a adesão dos escritores ao teatro cômico e musicado foi total. De fato, o próprio Aluísio escreveu operetas e revistas de ano, em colaboração com o irmão Artur. Mas não se pode mais desconhecer que houve várias iniciativas relacionadas ao Naturalismo – encenações, adaptações de romances, peças –, sem contar os candentes debates na imprensa. É preciso reconhecer que Aluísio e Rouède procuraram um caminho alternativo ao teatro então vigente em nossos palcos e que peças como *O mulato*, *Lição para maridos*, *O caboclo* e *Um caso de adultério* merecem ser lembradas como exemplos do esforço dos seus autores no sentido de atualizar o teatro brasileiro, fazendo-o dialogar com a tendência mais moderna da literatura de seu tempo.

CRONOLOGIA

1848. Emílio Rouède nasce em Avignon, França.

1857. No dia 14 de abril, em São Luís do Maranhão, nasce Aluísio Tancredo Gonçalves de Azevedo.

1871. Aluísio Azevedo estuda pintura com o artista italiano Domingos Tribuzzi, radicado em São Luís do Maranhão.

1876. Aos 19 anos, Aluísio Azevedo parte para o Rio de Janeiro, com a intenção de estudar pintura na Imperial Academia de Belas-Artes. Seus primeiros trabalhos – caricaturas e desenhos humorísticos – são estampados no jornal *O Fígaro*.

1879. Instalado em São Luís do Maranhão desde o ano anterior, por causa da morte do pai, Aluísio Azevedo escreve e publica seu primeiro romance, *Uma lágrima de mulher*.

1880. Data provável da chegada de Emílio Rouède ao Rio de Janeiro, depois de ter vivido muitos anos em Madri, onde adquiriu formação básica nos cursos de Artes e Ciências.

1881. Em junho, Aluísio Azevedo publica seu segundo romance, *O mulato*. O livro provoca grande escândalo na pacata São Luís do Maranhão, mas, lido também no sul e principalmente no Rio de Janeiro, projeta o nome do autor no meio literário e intelectual. Aluísio muda-se novamente para o Rio de Janeiro, decidido a trabalhar na imprensa.

1882. Emílio Rouède expõe os seus quadros no Salão da Sociedade Propagadora de Belas-Artes, no Liceu de Artes e Ofícios, onde mais tarde se torna professor.

Em forma de folhetim, Aluísio Azevedo publica no jornal *A Gazetinha* o romance *Memórias de um condenado* – depois chamado de *Condessa Vésper*. No dia 26 de outubro, vê a opereta *A flor-de-lis*, escrita em parceria com o irmão Artur Azevedo, estrear no Teatro Santana. E em novembro, na *Folha Nova*, inicia outro romance-folhetim: *Mistério da Tijuca*.

1883. Aluísio Azevedo publica o romance *Casa de pensão* no jornal *Folha Nova*, em forma de folhetim, e, em volume, pela editora Garnier, *Mistério da Tijuca*.

1884. Nova exposição de Emílio Rouède, no Salão da Imperial Academia de Belas Artes.

A 17 de outubro, no Teatro Recreio Dramático, estréia a adaptação de *O mulato*, feita pelo próprio Aluísio Azevedo. *Casa de pensão* sai em volume, enquanto o romance *Filomena Borges* é publicado em folhetim, na *Gazeta de Notícias*.

1885. A primeira peça que Aluísio Azevedo e Emílio Rouède escrevem juntos – *Venenos que curam*, depois renomeada *Lição para maridos* – estréia no Teatro Lucinda, a 15 de novembro. Aluísio publica *O coruja*, em folhetim, no jornal *O País*.

1886. Aluísio Azevedo e Emílio Rouède escrevem o drama *O caboclo*, especialmente para o ator cômico Vasques, que o encena no Teatro Santana, a 16 de abril. Escrevem também o drama *A adúltera*, que não foi encenado, e cujo manuscrito se perdeu. A amizade entre ambos se estreita, como demonstram os artigos que escrevem, um sobre o outro, na "Galeria do Elogio Mútuo" do jornal *A Semana*.

1887. A 12 de abril, estréia no Teatro Santana a burleta *Macaquinhos no sótão*, de Aluísio Azevedo.

1888. A 10 de agosto, estréia no Teatro Variedades Dramáticas o "a-propósito em três atos" *Indenização ou República*, de Emílio Rouède e Coelho Neto.

1889. Em maio, no Teatro Variedades Dramáticas, é encenada *Fritzmac*, "revista fantástica de 1888", de Artur e Aluísio Azevedo.

1890. Em março, sobe à cena do Teatro Variedades Dramáticas a revista de ano *República*, de Artur e Aluísio Azevedo. Em julho, no dia 26, são representadas, num mesmo espetáculo, duas peças de Aluísio Azevedo e Emílio Rouède: *Um caso de adultério* e *Em flagrante*. Aluísio publica *O cortiço*, pela editora Garnier.

1891. Na *Gazeta de Notícias*, oculto pelo pseudônimo Vítor Leal, Aluísio Azevedo publica em forma de folhetim o romance *A mortalha de Alzira*.

1893. Aluísio Azevedo publica em São Paulo o volume de contos *Demônios*. Em novembro, por ocasião da Revolta da Armada, Emílio Rouède vê-se obrigado a abandonar o Rio de Janeiro. Perseguido por haver demonstrado sua simpatia pelos opositores do Marechal Floriano Peixoto, instala-se em Ouro Preto, juntamente com Olavo Bilac e outros intelectuais exilados.

1894. Aluísio Azevedo publica em volume *A mortalha de Alzira*, assinando-o desta vez com o seu nome.

1895. Aluísio Azevedo publica seu último romance, *Livro de uma sogra*. A 30 de dezembro, depois de ter sido aprovado em concurso na Secretaria do Exterior, é nomeado vice-cônsul em Vigo, Espanha.

1897. Aluísio Azevedo é eleito para a Academia Brasileira de Letras. Publica o livro de contos *Pegadas*, mas em seguida abandona a carreira literária, dedicando-se exclusivamente à diplomacia.

1908. A 5 de junho, em Santos, morre Emílio Rouède. Depois de ter vivido em Ouro Preto, havia se mudado para São Paulo e depois para Santos, tendo atuado na imprensa das duas cidades.

1913. A 21 de janeiro, Aluísio Azevedo morre em Buenos Aires. Em sua carreira diplomática, havia trabalhado em várias cidades, como Yokohama, Cardiff, Nápoles e Assunção.

NOTA SOBRE A PRESENTE EDIÇÃO

As peças reunidas neste volume, conforme referido na Introdução, jamais haviam sido publicadas. Foi feito então o estabelecimento dos textos, com base nos manuscritos que se encontram depositados na Biblioteca Nacional do Rio de Janeiro. Na realização desse trabalho, foi fundamental a colaboração de Samuel Swerts e Maira Mariano, bolsistas de Iniciação Científica junto à Área de Literatura Brasileira do Curso de Letras da Universidade de São Paulo, que fizeram a primeira transcrição, e de Giuliana Ragusa de Faria, que me ajudou no cotejo dos textos digitados com os manuscritos. Aos três, meus agradecimentos.

J.R.F.

LIÇÃO PARA MARIDOS
(*SIMILIA, SIMILIBUS...*)

Comédia em quatro atos

por

Aluísio Azevedo e Emílio Rouède

Representada pela primeira vez a
15 de novembro de 1885, no Teatro Lucinda,
no Rio de Janeiro

PERSONAGENS

CARLOS — Advogado, 22 anos de idade.
LEONARDO — Major – barão de São Cláudio, 40 anos de idade.
RAMIRO — Ex-praça do Exército, 40 anos.
CRIADO
CAIXEIRO DE VENDA
CLOTILDE — Cocote, 30 anos.
CECÍLIA — Baronesa de São Cláudio, mulher do barão, 38 anos.
AGRIPINA — Dama de companhia, 50 anos.

Passa-se no Rio de Janeiro – Atualidade.

ATO PRIMEIRO

(*Sala distinta, mobiliada com muito gosto, mas extrema simplicidade. Um divã, uma mesinha, duas portas ao fundo, entre as quais há um dunquerque com espelho, uma janela à E.A., uma porta à E.B.[1] e duas portas à direita. É noite. Observa-se a esquerda do espectador.*)

---

1. Os autores utilizam ao longo das duas peças deste volume o antigo sistema de marcações para orientar a entrada, a saída e a posição dos atores no palco. São nove marcas, a saber: Esquerda Alta, Centro Alto e Direita Alta (posições ao fundo, que também podem vir marcadas como Fundo Esquerdo, Fundo Central e Fundo Direito); Centro Esquerdo, Centro e Centro Direito; Esquerda Baixa, Centro Baixo e Direita Baixa (posições próximas da ribalta).

Cena I

Major e Ramiro
(*O major prepara-se para sair, e durante a cena Ramiro lhe vai entregando as luvas, o lenço, o sobretudo e a bengala.*)

Major
(*abotoando a sobrecasaca*)
Fica então entendido, hein? Quando a senhora baronesa perguntar por mim, dir-lhe-ás que fui ao Clube...

Ramiro
Ao Clube Militar...

Major
Está claro. E que, visto tratar-se de uma sessão extraordinária, na qual se hão de decidir coisas ainda mais extraordinárias, como por exemplo um decreto urgente do Ministro da Guerra, é natural que me demore. A baronesa pois não precisa esperar por mim. Compreendes?

Ramiro
Compreendo, sim, meu comandante, e, pela parte que me toca, pode desde já ficar certo o senhor major de que as ordens serão cumpridas, mas...

MAJOR
Temos um mas?

RAMIRO
Mas o que eu não posso assegurar é que a senhora baronesa acredite no que eu lhe vou dizer.

MAJOR
Por quê?

RAMIRO
Porque há muito tempo que a senhora baronesa traz a pulga atrás da orelha.

MAJOR
Disso sei eu, e também não há menos tempo... Adiante!

RAMIRO
Sim, mas do que o meu comandante não sabe é que a senhora baronesa já tem notícias muito perfeitas de Mme. Clotilde...

MAJOR
É impossível!

RAMIRO
Juro que é verdade.

MAJOR
Mas como poderia descobrir? Daqui a única pessoa que sabe com quem faço as minhas falcatruas, és tu... Clotilde é discreta e a baronesa não é das mais espertas, como pois chegaria a descobrir o inimigo?

RAMIRO
Não sei, mas descobriu. Meu comandante esquece-se de que o ciúme tem olhos de lince e faro de cachorro?... E a senhora baronesa é tão ciumenta!...

MAJOR
A quem o dizes!...

RAMIRO
A senhora baronesa, nem só já sabe como se chama Mme. Clotilde, como até a conhece.

MAJOR
Estás bem certo disso?

RAMIRO
Mais certo de que ter acompanhado o meu comandante durante a Guerra do Paraguai.

MAJOR
E... como vieste a saber?

RAMIRO
Vim a saber por intermédio da Mariana...

MAJOR
Da criada?

RAMIRO
Sim, meu comandante. A senhora baronesa ordenou a Mariana que tomasse informações a respeito de Mme. Clotilde.

MAJOR
Com que fim, não sabes? Tencionará ela fazer alguma coisa?

RAMIRO
Não sei não senhor, meu comandante.

MAJOR
Mas, como teria descoberto?...

RAMIRO
Também não sei, meu comandante.

MAJOR
Não estarás enganado?

RAMIRO
Não, meu comandante, não estou enganado.

Major
Pois se assim é, tanto pior para a baronesa.

Ramiro
É justamente a minha opinião.

Major
(*de mau humor*)
Sim, mas ninguém ta pediu. (*consigo*) Oh! Não há amor que resista ao martírio do ciúme e principalmente ao tal choro! O choro, que horror! A mulher mais bela torna-se insuportável, o homem mais terno e de melhor gênio torna-se impertinente e grosseiro! Se minha mulher julga lucrar muito com isso engana-se redondamente, porque eu não sou homem para ser contrariado.

Ramiro
Ela por um lado, tem razão, coitadinha! O meu comandante é tão sedutor! é tão irresistível!...

Major
Cala-te, adulador!

Ramiro
Não sou eu quem o diz, é o belo sexo...

Major
E que diabo diz o belo sexo de mim?...

RAMIRO
Diz que o meu comandante é assim, que o meu comandante é assado...

MAJOR
Cara de assado me pareces tu!

RAMIRO
De uma, pelo menos, sei eu que de todas as vezes que o meu comandante passa em grande uniforme, ela diz segurando o coração: "Ai, meu Deus! ali vai a flor dos militares! que pena ser casado!"

MAJOR
Pois dize-lhe que se engana quanto à segunda parte do seu raciocínio. O casamento tem as suas vantagens, e é um estado superior ao de solteiro e ao de viúvo.

RAMIRO
Oh! É a primeira vez que o comandante sustenta semelhante opinião...

MAJOR
A vantagem consiste em não poder o casado tornar a casar. E superior a esses três, há um estado que é o melhor de todos.

RAMIRO
Além de casado, solteiro ou viúvo?

MAJOR

Pois não, o de desquitado. Esse é que é o completo! (*consultando o relógio*) És um imbecil, são oito e meia e Clotilde espera-me às nove! Já não é a primeira vez que as tuas asneiras me distraem! Vê a bengala! Depressa! (*Ramiro dá-lhe a bengala. Vai a sair apressado*) Ela! que não tem paciência para esperar um segundo.

RAMIRO
Creia o meu comandante que...

MAJOR
Cala-te! És um pedaço d'asno!

Cena II

Os mesmos e CECÍLIA

MAJOR
(*à parte*)
Minha mulher! Bonito! (*baixo a Ramiro*) Mira-te na tua obra, estúpido.

RAMIRO
Creia o meu comandante que...

MAJOR
Tira-te de meus olhos!...

RAMIRO
Já cá não estou! Meia volta direita volver. (*sai*)

Cena III

Os mesmos menos RAMIRO

MAJOR
(*batendo de leve no ombro de Cecília, apressado*)
Filhinha, boa noite. Até logo.

CECÍLIA
Vais sair também hoje?

MAJOR
É verdade, tem paciência! (*Cecília suspira*) Bem sabes! O clube! Ramiro explicar-te-á melhor! Eu não tenho tempo. Até logo. (*vai sair*)

CECÍLIA
És mau.

MAJOR
(*voltando impaciente*)
Mas que queres tu que eu faça?... A minha posição não me permite ficar todas as noites, patriarcalmente a teu lado! Que seria de mim! do meu futuro!... Se não fosse esta minha ativi-

dade e esta minha energia, não conseguiria chegar ao posto de major e alcançar a título de barão na idade em que me acho!

Cecília
Ora! Com a nossa fortuna, não precisas cuidar tanto de tais interesses... De bom grado preferia que fosses menos ambicioso e gostasses mais de estar ao meu lado...

Major
Mas que diabo de figura representara eu nesse caso?... Minha dignidade não me permite viver à sombra do teu dote! Preciso ter uma posição própria, quando por mais nada, para dar uma satisfação à sociedade!...

Cecília
Preocupas-te mais com a sociedade do que comigo.

Major
É um escrúpulo muito bem entendido!... O que possuis, herdaste do teu primeiro marido. Isso deve mais tarde pertencer a teu filho que também é dele.

Cecília
Não compreendo tais escrúpulos quando há amor de parte a parte.

Major

Sim, mas o mundo é que não quer saber dessas teorias sentimentais e eu já te disse que agora não tenho tempo para discussões!... Até logo.

Cecília

Fica hoje comigo...

Major

Impossível, filha!

Cecília

O impossível só se apresenta, depois que o amor se retira! Tu já não me amas!

Major
(*com visível impaciência*)
Ora, por amor de Deus! Não sei mais como te diga que já não estamos no período em que se discute o amor! O amor é uma coisa que só se discute à luz da lua... de mel; fora disso é simplesmente ridículo! Lembra-te, filha, de que somos casados há três para quatro anos! Pretenderias porventura que eu passasse a existência a teus pés, soluçando frases apaixonadas?... Impossível! Entre nós nada mais pode haver de novo para dizermos um ao outro! Tudo que havia a dizer, nós já dissemos, por conseguinte...

CECÍLIA
... Precisas descobrir novidades lá fora!... Compreendo!

MAJOR
Mau! É uma cena violenta o que me preparas para a saída?

CECÍLIA
Para que me falas assim?...

MAJOR
Lágrimas?... Não! isso agora tem paciência, filha, deixa para outra vez! até logo.

CECÍLIA
(*querendo detê-lo*)
Ouve. Leonardo!

MAJOR
Não, não é possível! Tenho coisa muito séria a fazer. (*consultando o relógio*) Valha-me Deus! Faltam dez para as nove! (*sai*)

Cena IV

CECÍLIA *depois* CARLOS

Cecília
(*só*)

Fugiu-me, e eu aqui fico, mais e mais convencida de que sou inteiramente desprezada por ele. Mas por que não hei de ter coragem para lhe dizer com franqueza o que sei a respeito da sua traição? Será possível que eu o estremeça ao ponto de recear com a minha franqueza vê-lo fugir-me para sempre?... Por que me há de faltar a energia quando me acho ao seu lado? Acaso não será preferível uma completa separação a sofrer esta meia felicidade, que vale menos do que nenhuma? Amo-o muito, cegamente, mas já não me posso iludir: sei que ele tem lá fora uma mulher, um demônio que usurpou o meu lugar e o amor de meu marido. Li as cartas dela, vi a sua fotografia, mas, precisarei porventura dessas provas? Ele próprio não acabou de declarar-me em face que eu já não lhe ofereço novidade alguma?... (*soluça*) É quanto se pode ser infeliz! (*procurando reagir*) Mas que terrível desgraça a nossa! Por que não havemos nós, mulheres honestas, de possuir a arte de prender ao nosso lado aqueles que têm obrigação de nos amar?... Que estranha ciência possuirão as outras para conseguir dominá-los tão despoticamente?... Não serei porventura ainda bastante moça? Ou serei acaso tão feia que não mereça ser amada? Terei menos espírito e menos encantos, do que qualquer uma dessas piratas da felicidade conjugal? E, dada a hipótese de que eu não tivesse tanta graça como elas, a minha dedicação, a minha virtude, o fato de pertencer só a ele, não devem valer nada a seus olhos?... (*desesperada*) Ah! juro que, se um professor mefistofélico quisesse me ensinar a arte diabólica dessas mulheres; se me prometesse instruir nos mistérios das suas seduções, eu daria, em troca, todo o dinheiro de que disponho! Ah! mas se assim fosse Leonardo seria o primeiro a condenar-me e talvez ainda mais me desprezasse. (*chora, mas disfarça logo as lágrimas com a chegada de Carlos*) Ah! És tu, Carlos?

CARLOS
Como passaste, minha mãe? (*notando-lhe a fisionomia*) Que tens? Choras?

CECÍLIA
Não é nada. Perdoa-me, meu filho.

CARLOS
É que tu não me queres dizer a verdade!... Há um mês que cheguei da Europa, há um mês que observo as tuas lágrimas mal disfarçadas! Tens qualquer coisa, sofres algum desgosto que não me queres revelar e que te obstinas em esconder a meus olhos!

CECÍLIA
São infundadas as tuas apreensões!...

CARLOS
Iria jurar que não...

CECÍLIA
Juro-te que te enganas.

CARLOS
Pode ser, mas quer me adivinhar o coração que não és feliz com meu padrasto e que daí vem o teu sofrimento...

CECÍLIA
Cala-te.

CARLOS
É isso, não és feliz, como aliás eu já previa antes do teu casamento com o major, o que ficou bem patente nas cartas que te escrevi antes de dares semelhante passo. (*Cecília suspira*) Esse suspiro é a confirmação do que avancei. Fui direito à causa do teu sofrimento e, apesar disso, não queres confessá-lo! Não é verdade?

CECÍLIA
Não me interrogues, peço-te.

CARLOS
(*tomando-lhe as mãos*)
Vamos, minha mãe, fala-me com toda a franqueza, se alguma coisa te inquieta e mortifica,

que eu tenha nisso a parte que me compete: como teu filho assiste-me o direito de exigir um quinhão nas tuas tristezas.

CECÍLIA
Nem sempre...

CARLOS
Além disso, bem sabes, minha mãe, que o teu amor é o que de melhor possuo na vida. Em geral os filhos dividem o coração em duas partes; uma dessas entregam ao pai e a outra dedicam àquela que lhes deu o ser; meu pai, como sabes, morreu antes do tempo em que eu devia fazer a partilha do meu coração, e este, por conseguinte, ficou te pertencendo todo inteiro. Vês pois que sou mais filho do que qualquer outro filho!

CECÍLIA
É porque és bom por natureza...

CARLOS

Ainda te não disse tudo, minha mãe, e deixa que te fale com franqueza. O fato de haver-me afastado de ti durante algum tempo, é sem dúvida a causa desta extraordinária dedicação que te consagro. Se eu tivesse ficado sempre ao teu lado, é bem possível que não te amasse tanto, ou pelo menos com tanta consciência.

CECÍLIA
Não te compreendo...

CARLOS
Eu me explico melhor. Foi a preocupação do meu futuro, foi o interesse que tomavas, por mim, o que determinou mandares-me terminar a minha educação em França. Pois bem, naquela grande Paris, onde o amor é uma mercadoria que baixa e sobe com o câmbio, a tua ausência, em vez de me levar a esquecer de ti, fez-me amar-te com mais convicção, com mais experiência do mundo, com mais segurança da inestimável felicidade de ser teu filho. Só quem já tomou o peso dos falsos amores e das afeições vulgares, pagas a tanto por mês ou por dia, pode saber avaliar esse sentimento desinteressado e sublime, que só as boas mães possuem. Foi depois de percorrer a tortuosa escala desses falsos afetos, foi depois de bem desenganado e desiludido por eles, que mais senti crescer e dominar-me este ilimitado amor que te dedico. Foi com o vácuo das outras afeições que eu solidifiquei o meu afeto por ti!

CECÍLIA
(*abraçando-o*)
Ah! És tu, só tu, meu filho, quem deveras me ama neste mundo!...

CARLOS
Entretanto não devo ser o único, e por isso provoco tua franqueza.

CECÍLIA
Vais falar de teu padrasto?...

CARLOS
Sim, e ouve. Deixa-me chegar onde quero. Quando me consultaste a respeito de tua união com o major, lembras-te de qual foi a minha resposta?

CECÍLIA
Sim, lembro-me e, custa-me a declará-lo, fechei ouvidos a teus conselhos... É que supunha que essa união havia de ser o complemento de minha felicidade...

CARLOS
Não foi, mas deve ser, e, com o mesmo empenho que te pedi aceitasses os meus conselhos, peço-te agora que dividas comigo as tuas mágoas. O passo que eu quis impedir que desses, está dado, não se trata pois de evitá-lo, mas sim de regulá-lo e trazê-lo à linha do dever e da moral. O major foi o homem escolhido por ti para substituir meu pai; ou ele se há de colocar na altura de sua posição, ou eu o considero um criminoso e como tal o hei de castigar!

CECÍLIA
(*assustada*)
Que queres dizer?...

CARLOS
Quero dizer que, por tua honra, minha mãe, pela tua tranqüilidade e pelo respeito que te devemos, eu e teu esposo, serei capaz de tudo. Hei de conseguir aquilo que não consegues! ainda mesmo sem o auxílio de tua franqueza!

CECÍLIA
Não, não! por quem és não cometas ato nenhum de violência contra ele!... Prefiro falar com franqueza!

CARLOS
Então fala!

CECÍLIA
Teu padrasto já não me ama, e nem sequer me respeita. Atraiçoa-me com uma mulher perdida!

CARLOS
Já o previa! E sabes quem ela é?

CECÍLIA
Sei. (*tira da algibeira uma fotografia que entrega a Carlos*)

CARLOS
(com um movimento de surpresa depois de contemplar o retrato)
Esta?...

CECÍLIA
Por que te espantas?...

CARLOS
Porque me custa a acreditar em tamanha loucura do major! Isto é uma mulher incapaz de inspirar a quem quer que seja nenhum sentimento de paixão e muito menos capaz de o sentir ela própria.

CECÍLIA
Conheces-a?...

CARLOS
De vista... Encontro-a a cada passo. Persegue-me!

CECÍLIA
A ti?...

CARLOS
É verdade. Persegue-me escandalosamente. Com certeza ignora ainda que o barão é meu padrasto, e leva o atrevimento ao ponto de fazer-me as mais claras provocações.

CECÍLIA
Pois é ela... (*Carlos vai a falar*) Cala-te que aí chega alguém... A este respeito nem uma palavra a teu padrasto!...

CARLOS
(*indo à janela da E.A.*)
E é ele quem chega...

CECÍLIA
Vou para o meu quarto. Não quero que perceba a minha comoção.

CARLOS
Eu também me recolho. (*à parte*) Mas fico na expectativa. (*alto*) Boa noite, minha mãe.

CECÍLIA
Boa noite, Carlos. (*dá-lhe um beijo na testa e saem. Carlos para a E.B. e Cecília para a D.A.*)

Cena V

MAJOR *depois* RAMIRO

MAJOR
(*de mau humor, entrando do F.E. atirando o sobretudo para cima do divã*)
Diabo! Já não encontrei Clotilde e tudo por

causa de minha mulher! (*toca o tímpano*) Pois se eu fiquei de ir às nove horas e só me apresento vinte minutos depois?... Corri todos os teatros! (*pausa*) Com certeza saiu para me castigar pela demora... (*vai tocar de novo o tímpano quando entra Ramiro do F.D.*) Ora graças! (*a Ramiro*) Tomo chá... (*Ramiro sai pelo F.D.*) De alguns dias a esta parte noto não sei o quê na conduta de Clotilde... Dantes esperava-me horas esquecidas; hoje se me atraso dois minutos, já não a encontro... Pois ela não tem razão; devia calcular que não sou o responsável por isto... Bem sabe que um homem casado não tem a liberdade de um solteiro...

Ramiro
(*entra do F.D. com uma bandeja em que há um bule, uma chávena, um prato de biscoitos, açucareiro, um cálice e uma garrafa de xerez*)
Não esperava hoje ter de servir o chá a meu comandante.

Major
Nem eu... (*assenta-se à mesinha, enche a chávena de chá e toma um gole*) Mas que queres... a baronesa tanto aqui me deteve, que...

Ramiro
Que a hora da entrevista foi-se...

MAJOR

(*enchendo o cálice*)

A hora pouco me importaria, o pior é que Clotilde também se foi...

RAMIRO

O meu comandante não chega para as encomendas...

MAJOR

Deixa-me, homem! Não estou nada satisfeito! Aquela mulher põe-me a cabeça e o coração em lastimável estado!...

RAMIRO

Pois se o meu comandante não está satisfeito por esse lado, não deve estar mais satisfeito cá por casa...

MAJOR

Quê? Alguma novidade?...

RAMIRO

Não! É que durante a ausência do meu comandante a senhora baronesa esteve a conversar com o Sr. Dr. Carlos.

MAJOR

Sim? Pois se conspiraram contra mim, tanto pior para eles, porque dessa forma não respondo pelas conseqüências, e a bomba pode estourar mais cedo do que supõem!

Ramiro
Pois o meu comandante seria capaz de?...

Major
Estou vendo que sim. Ora! No fim de contas não há bom gênio, nem boa vontade, que resistam a semelhante perseguição!...

Ramiro
Imagino!

Major
Qual! Não podes imaginar. Só experimentando se julgará do que eu digo!

Ramiro
Meu comandante esquece-se de que eu sou viúvo e que, antes de ser viúvo... era casado.

Major
É verdade! Não me lembrava mais de que te casaste depois da guerra quando estivemos separados... E tua mulher...

Ramiro
Morreu...

MAJOR
(*impaciente*)
E tua mulher lia pela mesma cartilha da minha?

RAMIRO
Pela mesma, mas de uma edição menos correta e mais aumentada.

MAJOR
Põe isso em linguagem...

RAMIRO
Quero dizer que, no lugar em que na cartilha da senhora baronesa se lê... lágrimas, suspiros, pouco apetite e ameaças de suicídio; na cartilha de minha defunta cara-metade lia-se: descompostura, berro, murro, dentada, pragas e chiliques!

MAJOR
Que horror!...

RAMIRO
Mas em compensação eu, antes de enterrar o chapéu na cabeça e pôr-me no olho da rua, como faz o meu comandante, dava-lhe cada um trompaço, que a deixava a ver estrelinhas ao meio-dia! Dessa forma ao menos eu saía para a rua com a consciência tranqüila de que minha mulher chorava com razão.

MAJOR
E ela te amava, hein?...

RAMIRO
Tanto quanto era necessário para não me dar um momento de repouso!...

MAJOR
Dizes bem. O amor interpretado de um certo modo, nada mais é do que um suplício!

RAMIRO
E é sempre desse modo que as mulheres legítimas o interpretam!... Para se amar uma mulher, entendo eu que é necessário não conviver sempre com ela e não a conhecer, como quem conhece o fundo de suas algibeiras. A mulher segundo a minha humilde opinião, é uma espécie de casa, que a gente deve habitar, conservando sempre fechados, com mistério, a chave e cadeado, alguns dos quartos, porque logo que conhecermos todos os escaninhos da casa, a vontade que temos é de mudar de acampamento.

MAJOR
Oh! Estou te estranhando. Pela primeira vez dizes uma coisa com jeito!

Ramiro

Não! O que eu fiz pela [primeira] vez, não foi uma coisa com jeito, mas sim foi tocar na corda sensível do meu comandante!

Major

*(acabando de tomar chá
e pondo-se a cavalo na cadeira)*
Muito bem! Continue o orador!

Ramiro

(tomando posição parlamentar)
Eu entendo, repito, que um homem para amar uma mulher, precisa não a conhecer totalmente, mas, entendo por outro lado que a sujeita, quando não tem malícia, franqueia ao homem com quem se casa, todos os quartos de sua casa! Dessa forma – perdida por ter cão e perdida por não ter cão! Eu, no caso do meu comandante, possuindo todas as brilhantes qualidades do senhor barão, havia de gozar de cada mulher, somente aquilo que elas possuem de bom e agradável.

Major

(balançando-se na cadeira)
Isso, figuradamente, é saborear o perfume da rosa, sem lhe sentir os espinhos...

Ramiro
Meu comandante está tão habituado com a senhora baronesa que já não lhe sente o perfume!...

Major
Oh! a baronesa tem muito mais espinhos que perfume.

Ramiro
É o que lhe parece, meu comandante, um outro que não a conhecesse tão de perto, havia de dizer o contrário...

Major
(*erguendo-se*)
Isso agora é asneira!

Ramiro
Não apoiado! E peço licença para sustentar o meu parecer. (*encosta-se a uma cadeira*)

Major
(*passeando, e falando consigo mesmo*)
Qual! Pode lá ter perfume uma mulher sem poesia! (*pausa*) Uma mulher sem originalidade! (*pausa*) E sem o menor vislumbre de arte?!... (*a Ramiro*) Pode ser que, para o bom andamento dos interesses sociais e para o bom êxito político de um país, a mulher burguesmente honesta,

seja magnífica, mas para as conveniências particulares do coração é que não o é com certeza. (*diretamente a Ramiro agitando o dedo contra o nariz dele*) Em tese, uma boa dona-de-casa, gorda, materialona, e estúpida, será a garantia moral da paz doméstica de uma nação; mas... considerada em parte, nada mais é do que um cáustico para aquele contra quem ela se pespega por toda a vida! (*gesticulando com calor e gritando*) Quanto a mim declaro que acho perfeitamente insuportável... (*com mistério*) minha mulher!

RAMIRO
(*intimidado pelo major*)
Ah! Mas o meu comandante também não serve para exemplo!... O senhor barão é tão festejado!... é tão irresistível!... (*pausa prolongada*)

MAJOR
(*caindo em si*)
E eu aqui a discutir com o camarada!... (*alto a Ramiro com energia*) Que fazes aqui?

RAMIRO
(*conservando a sua atitude parlamentar*)
Aguardo a ocasião de apor os meus argumentos!...

MAJOR
Eu dou-te já daqui os argumentos!... (*corre sobre Ramiro com um pontapé armado*)

Ramiro
(*fugindo*)
Não me servem! (*sai pela E.A.*)

Cena VI

Major, *depois* Ramiro

Major
(*só e preocupado*)
Incontestavelmente aquela mulher me preocupa muito mais do que eu desejo!... Minha paixão cresce todos os dias!... Mas, se ela é tão formosa... e sabe, com tanto talento, fazer-se amar?... (*pausa*) Antes não tivesse eu voltado a casa... A idéia de que Clotilde esteja talvez agora à minha espera, não me deixa pensar noutra coisa!... É, fiz mal em voltar! Mas, que diabo me impede de sair de novo?!... Pode ser até que minha mulher nem chegasse a notar a minha entrada!... Vejamos! (*toca o tímpano*) (*apresenta-se Ramiro*) A senhora baronesa ainda está de pé?

Ramiro
Já está recolhida.

Major
Bom. (*vai tomar o chapéu*) Não é preciso que ela saiba que eu voltei a casa... (*Ramiro*

sai e o major vai a fazer o mesmo, quando Cecília o detém. Cecília entra da D.A.)

Cena VII

MAJOR, CECÍLIA *e depois* CARLOS

MAJOR
(*à parte*)
Mau!

CECÍLIA
Tornas a sair...

MAJOR
É verdade! Ainda tenho que fazer lá fora!

CECÍLIA
Mas, repara que já são onze horas dadas...

MAJOR
E daí?...

CECÍLIA
É que nunca te vi sair a estas horas de casa, principalmente tendo entrado há tão pouco!...

MAJOR
Naturalmente porque nunca me foi necessário... mas, uma vez que assim é... (*menção de sair*)

CECÍLIA
Olha! Espera! Precisava de falar contigo.

MAJOR
Tencionas repetir a cena de ainda há pouco?...

CECÍLIA
Não, mas precisava que me ouvisses...

MAJOR
Fica para outra vez. Agora não posso.

CECÍLIA
Agora! Nunca podes me dar atenção!...

MAJOR
Entretanto, por sua causa, ainda não há muito deixei de comparecer a um ponto a que não devia faltar!... A senhora, com as suas exigências, faz-me cometer faltas que jamais cometi!... Afianço-lhe todavia que era do meu interesse ter me apresentado à hora marcada!...

CECÍLIA
Perdoa-me. Não fiz com má intenção.

MAJOR
O inferno está calçado de boas intenções!...

CECÍLIA
Não me fales desse modo.

MAJOR
Se lhe falo desse modo, a culpa é sua!... Por que me há de contrariar de instante a instante?...

CECÍLIA
Eu só te contrario quando tenho razão!...

MAJOR
Oh! a senhora tem sempre razão.

CECÍLIA
Ou então quando vejo que me enganas!...

MAJOR
Eu não engano pessoa alguma!...

CECÍLIA
Agora, por exemplo...

MAJOR
A senhora é que se engana.

CECÍLIA
Pois bem! Dize-me então onde vais agora?!...

MAJOR
À casa de um colega... que está à minha espera...

CECÍLIA
Faltas à verdade. Tua intenção é voltar ao mesmo ponto, donde vieste há pouco!...

MAJOR
Voltar ao clube?...

CECÍLIA
Tu não estiveste no clube...

MAJOR
A senhora bem sabe que eu não gosto de ser desmentido...

CECÍLIA
Não são as minhas palavras que te desmentem. (*apresentando-lhe a fotografia que mostrou a Carlos*) Creio que defronte desta prova não terás ânimo de negar!...

MAJOR
(*encolerizado*)
E quem a autorizou a tirar esse objeto do lugar em que o guardei?!...

Cecília

Quem me autorizou? Tudo! Os meus direitos de esposa; os juramentos que fizeste por ocasião de te unires a mim; autoriza-me a minha dignidade vilmente traída! Aí tens tu o que me autoriza!

Major

Chegou a cena dos ciúmes!

Cecília

Ciúmes! tenho-os, decerto, porque és meu esposo e devias amar-me!

Major

Oh! Tudo isto com efeito é para fazer um homem morrer de amores.

Cecília

Bem sei que já não me amas.

Major

Não sei fazer milagres!...

Cecília

E talvez nunca me amasses!... (*Carlos que tem estado a escutar de vez em quando na cortina da E.B. permanece aí, até sua entrada em cena*)

Major

(*perdendo de todo
a paciência*)

E haverá porventura algum amor que resista a provações desta ordem; haverá no mundo inteiro um homem de tal paciência que se não revolte afinal contra esta impertinência de todos os dias, este eterno bombardeamento de ciúmes e queixas?!...

Cecília

Se tu já não me podes suportar, é porque amas outra mulher!...

Major

(*furioso*)

Pois amo, é exato! E agora?...

Carlos

(*da cortina, à parte*)

Que infame!

Major

(*logo*)

Que diabo quer que lhe diga! amo outra!...

Cecília

Ah! (*amparando-se a um móvel para não cair*)

MAJOR

E já que chegamos a este ponto, irei até o fim!

CECÍLIA
(*comovida*)
Ao fim?!... Pois quer ir ainda mais longe do que já foi?!...

MAJOR

Sim, porque ainda não lhe disse que é de todo impossível nos suportarmos um ao outro! V. Ex.ª vê em mim um homem que não cumpre com os seus deveres, um mau esposo!... Pois eu lhe pouparei o desgosto de aturar a minha presença!... Por outro lado, não me é possível absolutamente continuar debaixo da perseguição em que vivo. Há dois anos a esta parte faço milagres de boa vontade para não reagir brutalmente contra esta existência de cão fraldeiro a que me querem condenar!

CECÍLIA
(*querendo contê-lo*)
Oh! Cala-te, por amor de Deus!

MAJOR
Não! Não é possível! A nuvem transbordou! A tempestade desencadeou-se!

CECÍLIA
Por que então te casaste comigo?...

MAJOR
Porque estava iludido, porque estava alucinado!... Dentro em poucos dias, o meu procurador lhe restituirá os bens que lhe competem e nada mais haverá de comum entre nós!

CECÍLIA
Oh! Isso nunca! isso nunca! Perdoa-me, se te perseguem os meus zelos; mas é porque te amo, e porque eu sou tua esposa!

MAJOR
Já lhe disse, minha senhora, que entre nós estas cenas não têm razão de ser. (*vai à secretária*)

CECÍLIA
(*atalhando-lhe o movimento e caindo-lhe
aos pés*)
Não! Perdoa! perdoa!

MAJOR
(*repelindo-a*)
Vou entregar-lhe os papéis que lhe pertencem!

CECÍLIA
(*caindo em soluços no divã*)
Ah! (*fica prostrada*)

CARLOS
(*aproximando lentamente*)
Mais devagar, cavalheiro! Os interesses monetários desta senhora, a quem lhe aprouve colocar naquele estado, tratam-se comigo.

MAJOR
(*surpreso*)
Oh! (*sem perder o sangue-frio*) Não é só de uma questão de dinheiro que aqui se trata!

CARLOS
Com mais razão é ainda comigo que se tratam os seus negócios de família.

MAJOR
E eu entendo que não tenho de prestar conta dos meus atos a ninguém.

CARLOS
Isso é o que veremos.

MAJOR
Entendo igualmente que não há parentesco nenhum que autorize a quem quer que seja a invadir o domicílio de um casal para dar fé do que aí se passa.

Carlos

O marido, logo que despedaça os laços de solidariedade entre ele e a esposa, passará a ser para ela um simples estranho.

Major

Não desejo outra coisa!...

Carlos

(*sem fazer caso*)

Desde que o marido de minha mãe, em vez do respeito e da proteção que lhe deve, procura humilhá-la e ofendê-la como aqui sucedeu, entendo que tenha o direito, o dever de apoderar-me do lugar que ele não soube exercer e constituir-me espontaneamente o seu único defensor!

Major

Diz bem, meu caro senhor; tem toda a razão! E, já que falo com um advogado, escuso de entregar a causa a um estranho. Podemos liquidar em família os negócios da senhora sua mãe.

Carlos

Liquidar não! não se trata aqui de liquidar negócios, trata-se de dar à situação o caminho digno e único que ela deve ter!

Major

Não compreendo!...

CARLOS

Isto quer dizer que exijo que o senhor se porte dignamente com essa senhora, a quem deve todo o respeito e toda a estima.

MAJOR

É uma imposição?...

CARLOS

Sem dúvida! Não admito que ninguém – compreende? –, ninguém! faça sofrer à minha mãe! O senhor que teve talento, finura e paciência para a iludir ao ponto dela se supor amada e ao ponto de amá-lo, deve agora recorrer novamente a tudo isso para agüentar com a responsabilidade do ato que cometeu! Representou o primeiro papel, bem pode representar o segundo.

MAJOR

E posso saber qual é o segundo papel?

CARLOS

O papel de esposo convertido que volta ao seu posto de honra; que volta ao lar doméstico!

MAJOR

E é só isso o que desejava? Não tem outro pedido a fazer?...

Carlos

Isto não é um pedido, senhor, já lhe disse que é uma imposição!

Major

(*ironicamente*)

E nunca lhe constou que não tenho por costume aceitar imposições de ninguém?

Carlos

Pois hei de obrigá-lo a aceitar!

Major

E não lhe seria muito penoso dizer quais são os meios com que conta para chegar a semelhante resultado?

Carlos

Conto com todos os meios de que possa lançar mão, inclusive o de arrancá-lo à força dos braços dessa mulher que suplantou minha mãe!

Major

E como tenciona consegui-lo?

Carlos

Isso agora é comigo.

MAJOR
(*com força*)
E ainda não lhe passou pela cabeça a idéia de que todo esse atrevimento já me vai importunando?...

CARLOS
(*avançando contra o major*)
Senhor!

CECÍLIA
(*erguendo-se e indo colocar-se entre eles*)
Meu filho, meu filho!

MAJOR
(*afastando-se com um gesto de ameaça*)
Veremos quem vence! (*sai*)

CECÍLIA
(*agarrando-se ao filho*)
Não! não quero que procedas contra ele! prefiro continuar a sofrer!

CARLOS
Nada mais faço, minha mãe, do que cumprir com o meu dever! Aquele homem te humilhou e fez-te sofrer, juro que serás vingada!

CECÍLIA
(*aflita*)
Não! peço-te que não!...

CARLOS

A própria mulher, por quem ele te sacrificou, há de obrigá-lo a passar pelas mesmas ou piores provações que as tuas! sou eu quem to afiança!

CECÍLIA

Tu me assustas, Carlos!

CARLOS

Este é o meu dever de filho! Teu marido há de cumprir com o dele.

(*Cai o pano.*)

ATO SEGUNDO

(*Sala de luxo exagerado. Uma porta ao fundo e uma de cada lado, uma mesa de pé de galo com livros e álbuns. Um relógio sobre um dunquerque. É dia.*)

Cena I

Major e Clotilde
(*Entrando ambos da D., Clotilde vestida com um* saut-de-lit *de cetim* merveilleux.)

Major

Até logo.

Clotilde

Então, definitivamente, queres ir embora, sem me dizer o que tanto te preocupa desde ontem...

MAJOR
Não tenho coisa alguma. Indisposição, nada mais!... (*bate-lhe meigamente no ombro*)

CLOTILDE
Já vejo que te não mereço a menor confiança...

MAJOR
Ilusão tua.

CLOTILDE
Não me queres falar com franqueza. Paciência.

MAJOR
Tolinha.

CLOTILDE
Se te perguntei, é porque supunha que não tens segredos para mim...

MAJOR
Para que insistes, curiosa?... Há certas coisas, das quais é muito perigoso falar, principalmente com a mulher que amamos...

CLOTILDE
Ah! Confessas que há sempre alguma coisa...

MAJOR

Coisas domésticas!... apoquentações de casa... Tu não ignoras que minha mulher é o ciúme em pessoa... (*suspendendo*) Mas não, definitivamente não te devo falar nestas sensaborias!... Adeus. (*menção de sair*)

CLOTILDE

Ah! Se é questão de casa, não me interessa, pensei que fosse coisa mais séria!...

MAJOR

Quem sabe lá!... Talvez seja!... Até logo. (*saída falsa*) É verdade, hoje almoço contigo.

CLOTILDE

Então volta, que te espero.

MAJOR

(*tomando uma resolução em que ele faz menção de sair*)
Olha! É bem possível que de um momento para outro te apareça aqui uma certa pessoa, com o intuito de afastar-me de ti. Cuidado com a intriga!...

CLOTILDE

(*rindo*)
Um pretendente?

MAJOR
Nada menos! Um pretendente que deseja pôr-me na rua e tomar o meu lugar ao teu lado.

CLOTILDE
Ora essa!... Quem é?

MAJOR
Ainda não me convém dizer o nome, porque ele talvez refletisse melhor, e não te apareça...

CLOTILDE
E se aparecer...

MAJOR
Não sei!... Ele tem elementos para a luta que me vai abrir!... É rico!...

CLOTILDE
Isso tu também o és!...

MAJOR
Elegante!...

CLOTILDE
Não será mais do que tu...

MAJOR
Muito moço ainda...

CLOTILDE
Não sirvo para desmamar crianças...

MAJOR
Inteligente.

CLOTILDE
Algum pedante!...

MAJOR
É viajado...

CLOTILDE
Pior um pouco!...

MAJOR
É insinuante!...

CLOTILDE
Oh! Chega!

MAJOR
Enfim, tem todos os requisitos para me suplantar!...

CLOTILDE
Sim?... Pobre moço!...

MAJOR
Não é bom falar assim antes de o conhecer!

Clotilde
Deveras?...

Major
O que eu te posso afiançar, desde já é que ele nunca sentirá por ti o que eu sinto!...

Clotilde
(*impaciente*)
E ainda que sinta! É boa!

Major
Posso então ir daqui, sem levar a menor sombra de inquietação?...

Clotilde
Tolo! Que idéia fazes tu de mim?...

Major
Está direito. Até logo!

Clotilde
E era isso o que te preocupava?

Major
Em parte era.

Cena II

Os mesmos e Agripina

Agripina
(*da E.*)
Já, senhor barão? Por um triz que não tenho o prazer de cumprimentá-lo...

Major
Dona Agripina! que amabilidade!

Clotilde
(*ao major, risonha*)
Não compreendes?

Major
Não.

Clotilde
(*ri*)
É o primeiro do mês.

Major
Ah! (*tira do bolso uma nota e passa à dona Agripina. Dirigindo-se a Clotilde*) Até logo, filhinha. (*sai*)

Clotilde
Até logo, barão.

Cena III

Clotilde e Agripina

Agripina
(*metendo a nota dentro de uma caderneta que tira do bolso*)
Caixa Econômica com ela! vinte, com os trinta que aqui tenho, são mais cinqüenta mil reiszinhos que entram para a caixa...

Clotilde
Oh! Você também com essa eterna Caixa Econômica já está insuportável! Com efeito! não fala noutra coisa!...

Agripina
Minha rica, se na sua idade eu falasse deste modo na Caixa Econômica não estaria a estas horas aqui a roer este demônio de vida!

Clotilde
Sempre se queixando!...

Agripina
Isto nunca foi queixa.

Clotilde
Nem deve porque não tem razão para isso!... Aqui nada lhe falta, comida, roupa lava-

da e engomada. Dou-lhe os vestidos que já não uso, dou-lhe um ordenado desde que a tenho a meu serviço; não tem um vintém de despesas. (*pouco depois vai à mesinha dos álbuns, toma um número da* Estação, *rompe-lhe o invólucro e entretém-se a ver o jornal durante o diálogo, sentada*)

Agripina

Oh! também era só o que faltava... é que eu tivesse de puxar pela minha algibeira. (*com gravidade*) Não, minha rica, que a época das ilusões já lá se foi há muito tempo!... Hoje tenho os olhos abertos, vejo mais claro e mais largo, diviso horizontes mais amplos e mais decentes! Espero que um dia serei ainda uma senhora honesta!

Clotilde

Você?!

Agripina

E por que não?... Acaso será minha alma menos pura do que a de qualquer... homem?... (*outro tom*) Tenha eu meu peculiozinho seguro; traga a minha casinha com uma certa decência e não me faltará quem me faça a roda!... Digo-lhe mais: se eu tivesse uma filha e lhe arranjasse um marido até havia de ter família!...

CLOTILDE
Nada mais lógico. A questão era o passado!...

AGRIPINA
Ora! o passado – passado! Ninguém hoje olha essas bagatelas!... E de mais do que me podem acusar?... Eu nunca enganei ninguém!...

CLOTILDE
Ah! Você no seu tempo havia de ter sido um anjo de pureza!...

AGRIPINA
(*convencida*)
E, no fim de contas fui mesmo!...

CLOTILDE
Oh!!!

AGRIPINA
O que lhe afianço é que nunca roubei um alfinete e, muita vez, aceitei presentes para não desgostar a quem mos oferecia...

CLOTILDE
Calculo! Você sempre foi a bondade em pessoa!...

AGRIPINA
Posso dizer que só não fui boa para mim mesma, que devia ter posto de parte alguma

coisa!... (*suspirando*) E se não fosse a minha abençoada cai...

CLOTILDE
Já vai falar na Caixa Econômica!?

AGRIPINA
E que mal te faz a pobre Caixa Econômica, filha? Bate na boca, que Deus te não castigue!... Queres saber?... Depois que me aposentei, só com o milho que vou apanhando daqui e dali tenho os meus cinco contecos...

CLOTILDE
Ah! Estás garantida!!!

AGRIPINA
Deus queira que todas possam dizer o mesmo, quando tiverem a minha idade!

CLOTILDE
Pela minha parte não tenho medo de chegar até lá!...

AGRIPINA
Quê, menina! não te fies na morte!.. Esta que aqui está foi desenganada um horror de vezes e afinal eram os médicos que se desenganavam comigo e lá iam caminhando na frente!... A questão é a gente afazer-se às coisas!... Hoje

não há mal que me entre. (*segura os rins com ambas as mãos e sacode o corpo*) E quem quiser ser dura há de me pedir licença...

CLOTILDE
Pudesse eu dizer o mesmo!...

AGRIPINA
Não diz porque não quer... Olha! não é por falta de lhe aconselhar que pense um pouco mais seriamente no futuro.

CLOTILDE
Onde quer você chegar com isso?... Diga logo o que pretende dizer...

AGRIPINA
É que não posso ver a sangue-frio umas tantas coisas...

CLOTILDE
Ah! Já sei donde quer chegar. Trata-se daquele moço que vi no Lírico!...

AGRIPINA
Está claro!

CLOTILDE
Mas que tem você com isso?

Agripina
Que tenho eu com isso, é boa! Pois a senhora não mede o perigo que lhe pode vir de um capricho dessa ordem?...

Clotilde
Não deve ser tanto assim...

Agripina
Qual! Já os conheço pela pinta! Gentinha daquele feitio nunca pôs ninguém para diante!...

Clotilde
Gostei do rapaz; mas isso não quer dizer que eu tivesse perdido a cabeça!...

Agripina
Não perde a cabeça, mas pode perder os seus interesses!...

Clotilde
Os nossos... é o que você quer dizer!...

Agripina
Ai, filha! quem é mau para si, pede a Deus que o mate, e ao diabo que o carregue!...

Clotilde
(*consigo*)
Um rapaz de quem nem ao menos sei o nome.

AGRIPINA
E será muito bom que nunca chegue a saber...

CLOTILDE
Está bom! Chega.

AGRIPINA
Não, filha, deves pensar um pouco sobre isso!... No fim de contas que vantagens te poderão vir de um tipinho todo metido a moralidades e com uma cara de que tudo lhe cheira mal?...

CLOTILDE
Quer me parecer que você já o conhece melhor do que eu!...

AGRIPINA
Farejei de longe... É um homenzinho para arruinar uma mulher... ao passo que o barão, bem explorado, ainda há de dar muito de si, aquilo é ovo de duas gemas!...

CLOTILDE
Hein?

AGRIPINA
Daqueles não se encontram a cada passo. (*grave*) Temperamento sangüíneo-nervoso, muito gênio e muito dinheiro... Vaidoso quanto o

necessário para nunca ficar atrás em questões (*faz sinal de dinheiro com os dedos*) sérias, e além de tudo isso, tolo! É uma sorte grande!...

CLOTILDE
(*em tom de ordem*)
Basta! (*levanta-se*) Vá ver se a criada já cuidou de minha *toilette*. Preciso preparar-me.

AGRIPINA
Já está tudo à sua espera.

CLOTILDE
Bem, faz-se horas! (*sai pela D.*)

Cena IV

AGRIPINA, *depois* CARLOS

AGRIPINA
Cinco por cento!... Se aqueles ladrões dessem ao menos seis... hoje estaria com... (*calcula*) dois e dois, quatro... quatro e um, cinco... O Banco Auxiliar dá isso, dá; mas, credo! tenho medo dos tais bancos que me pelo! Olha o Mauá! (*ouve-se tocar fora um tímpano*) Seis por cento... Ora, pois, eu teria hoje... dois e dois, quatro... teria hoje os meus ricos cinco contos e

quatrocentos... (*suspirando*) Ah! se não fosse estar tão desiludida com os homens, casava-me! Com seis contos, já se pode arranjar um marido, não digo que de primeira ordem, mas por aí um homem de bons costumes, que quisesse principiar a sua carreira no comércio... E, demais, os de primeira ordem não provam lá essas coisas!... (*ouve-se de novo o tímpano*) Isto de criados é tudo uma súcia!...

CARLOS
(*afastando o reposteiro no fundo*)
D. Clotilde?...

AGRIPINA
(*com ar pretensioso*)
Não sou eu, moço...

CARLOS
Previna-a de que preciso lhe falar...

AGRIPINA
(*medindo-o de alto a baixo*)
E eu previno de que Mme. Clotilde não recebe ninguém!...

CARLOS
Compreendo, minha senhora. (*tira da carteira uma nota que oferece a Agripina*)

AGRIPINA
(*com dignidade*)
Dinheiro?... a mim?... O senhor fique sabendo que... aceito! (*afastando-se*) Aquela Caixa Econômica faz-me passar por cada uma!... (*sai pela D.*)

Cena V

CARLOS, *depois* CLOTILDE

CARLOS
(*só, observando a sala*)
Repugna-me tudo isto, mas, ora adeus! Os fins justificam os meios. (*pausa*) Creio que o meu plano de combate está bem lançado!...

CLOTILDE
(*da D. trajando uma riquíssima matinée
de cor, jóias correspondentes à roupa,
entra seguida por Agripina até ao meio
da sala. À parte*)
Ele!... (*afasta Agripina com um gesto e desce a oferecer uma cadeira a Carlos, assentando-se logo em outra*)

CARLOS
(*assentando-se cortesmente mas
com desembaraço*)
A senhora há de achar estranha esta minha

visita! Eu devia talvez me ter feito apresentar por algum amigo comum ou ter então encarregado disso a uma carta que lhe dissesse tudo a que naturalmente a senhora já adivinhou...

CLOTILDE
Eu?...

CARLOS
Sim. Pode ser que me engane, mas suponho que não lhe sou totalmente desconhecido...

CLOTILDE
Com efeito, já por mais de uma vez tenho tido ocasião de vê-lo, todavia ainda não sei com quem tenho a honra de falar...

CARLOS
(*aproximando a cadeira da dela*)
Fala com um homem, para cuja felicidade é indispensável o seu amor...

CLOTILDE
O meu amor?... Pois o senhor chegou a acreditar que eu pudesse dispor de semelhante coisa?...

CARLOS
Pode, decerto, se quiser... Para amar, é bastante ter coração!...

CLOTILDE
Ter coração... mas desocupado...

CARLOS
Como?...

CLOTILDE
Quer dizer que é preciso não ter já um outro amante.

CARLOS
Os amantes substituem-se!... O caso é haver boa disposição para isso. Deve compreender que, se eu não estivesse apto e disposto a suplantar em todo e qualquer terreno o homem que encontro a seu lado, não teria a audácia de apresentar-me aqui... E, digo-lhe então, seja qual for o resultado da proposta que acabo de fazer, pode desde já contar com o meu reconhecimento... (*tira do bolso um escrínio de jóia, que passa a Clotilde*) Permite?...

CLOTILDE
(*tomando o escrínio e abrindo-o*)
Já?...

CARLOS
É para começar...

CLOTILDE
(*depois de examinar a jóia*)
Esplêndidos brilhantes! Fazem honra ao seu gosto, mas...

CARLOS
Mas...

CLOTILDE
Desculpe-me, não aceito.

CARLOS
Que diz?...

CLOTILDE
Peço licença para não aceitar...

CARLOS
(*erguendo-se*)
Isto quer dizer que nada mais tenho a fazer aqui...

CLOTILDE
(*detendo-o*)
O senhor, não. (*restituindo-lhe a jóia*) Isto sim.

CARLOS
Não disse, porém, que eram de seu gosto...

CLOTILDE
São, mas eu não quero aceitá-los.

CARLOS
Não vejo a razão por que...

CLOTILDE
Creio que tenho o direito de aceitar ou não o que me oferecem...

CARLOS
(*fazendo menção de sair*)
Indeferida a minha petição...

CLOTILDE
Engana-se. O senhor apresentou dois requerimentos e eu, por ora, apenas indeferi um deles...

CARLOS
Não compreendo....

CLOTILDE
Oh! meu Deus! Pois não há nada mais claro!... Quero dizer que aceito o amor que o senhor me ofereceu e não aceito os seus presentes...

CARLOS
E não vê a senhora que eu não posso consentir em tal?...

CLOTILDE
Por quê?...

CARLOS
A minha dignidade não o permite...

CLOTILDE
A sua dignidade?... Então para que apelou para o meu coração?... Se o seu intuito era comprar ternura, devia tê-lo dito logo com franqueza, porque eu, nesse caso, com a mesma franqueza lhe teria respondido...

CARLOS
Ainda está em tempo...

CLOTILDE
Como já lhe dei a perceber, tenho um amante...

CARLOS
O barão de S. Cláudio.

CLOTILDE
Justamente. Esse homem é bastante rico e, adora-me por tal forma, que não vacila defronte de qualquer sacrifício por mim. Nestas condições, bem vê o senhor que o dinheiro não me pode seduzir... Tenho aberta debaixo de meus dedos, uma mina de ouro!

CARLOS
Deve, porém lembrar-se de que, logo que o barão se retire, a mina se fechará incontinente!...

CLOTILDE
Já lá chegamos... Como lhe dizia, o dinheiro não me pode seduzir; há, no entanto, outras coisas, que sem terem a mesma cotação na praça, valem para nós, mulheres, muito mais que o dinheiro...

CARLOS
Vai falar do amor?...

CLOTILDE
Sim. O dinheiro é indispensável para a nossa vaidade; mas o amor, a dedicação, uma certa dose de ternura que só com a ternura se paga; isso é indispensável para a nossa felicidade íntima!...

CARLOS
De acordo, estamos entendidos! E, visto que a senhora me prefere ao barão, não vejo inconveniente eu substituí-lo em tudo e por tudo!...

CLOTILDE
Vejo eu...

CARLOS

Como?...

CLOTILDE

Sim, porque eu não seria capaz de proceder com uma pessoa que me merece estima e talvez mais alguma coisa, da mesma forma que procedo com o barão, a quem obrigo a pagar com o sacrifício do seu futuro a fantasia de adorar-me.

CARLOS

Segue-se que, pelo fato de ser amado pela senhora, devo perder as esperanças de ver realizadas as minhas pretensões a seu respeito...

CLOTILDE

Sem dúvida. (*a um gesto de Carlos*) Pois não! Desde a primeira vez que o vi, alimentei logo o desejo de impressioná-lo, e toda a minha aspiração era poder mostrar-me a seus olhos, digna de alguma deferência! Ora, procedendo com o senhor da mesma forma que procedo com o barão, eu me rebaixaria em face da minha própria consciência! Quanto mais da sua!...

CARLOS

(*com ironia*)

Muito bem, de sorte que, para V. Ex.ª se elevar, seria preciso que eu me chafurdasse na lama, aceitando favores pagos por outro!... (*outro tom*) Ora! Minha senhora, entendamo-nos por uma vez! (*resoluto*) Se quiser aceitar as condições que lhe propus, ficamos entendidos; estou disposto a substituir o barão em tudo, completamente em tudo; se não aceita assim, paciência! não me serve!

CLOTILDE
Nesse caso, paciência!

CARLOS
Então, dê-me licença para sair e a senhora que me desculpe o ter-lhe obrigado a esperdiçar o seu "precioso" tempo!...

CLOTILDE
(*erguendo-se*)
Ah! Que o senhor é cruel, injusto e sobretudo incompreensível!

CARLOS
Não sei por que...

CLOTILDE
Cruel, porque as suas palavras, uma por uma, me ofendem; injusto, porque nada o autoriza a proceder comigo deste modo; e incompreensível, porque, dizendo que me ama, desmente-se com os seus próprios atos...

CARLOS
Tenha a bondade de ser mais explícita...

CLOTILDE
Se é verdade que o senhor alimenta por mim qualquer sentimento de ternura, como é que, à medida que eu procuro ser justa, leal e sincera, mais o senhor me evita e desdenha?... Parece que as minhas boas intenções o humilham e que o meu bom proceder o amedronta... (*Carlos vai falar e ela o interrompe*) Ah! Compreendo perfeitamente... (*com tristeza*) É que de nós os homens só acolhem com satisfação os vícios e as loucuras!... E se, alguma vez nos acode a fantasia de praticar uma boa ação, enxotam-nos de junto de si, como se enxota um malfeitor que invade a seara alheia...

CARLOS
(*que se transforma com as últimas palavras de Clotilde, aproxima-se dela e depois de considerá-la com a vista*)
E a senhora seria capaz de praticar uma boa ação, só para me ser agradável?...

CLOTILDE
Não desejo outra coisa...

CARLOS
Seja qual for?...

CLOTILDE
Seja qual for, contanto que isso me torne menos digna de seu desprezo!...

CARLOS
(*repelindo o chapéu e aproximando-se resolutamente dela*)
Pois vou lhe falar com toda a sinceridade. Estava iludido; perdoe-me! não bati à porta em que supunha bater! Reconheço agora que fui, como acabou de dizer, injusto, cruel e incompreensível. Com efeito, não podia deixar de ser tudo isso, porque desde que transpus aquela entrada, não falei com sinceridade, senão neste momento...

CLOTILDE
Acho-o cada vez mais enigmático.

CARLOS
Naturalmente. Pensava dirigir-me a uma criatura vulgar e vejo que tenho defronte de mim o contrário disso...

CLOTILDE
Obrigada...

CARLOS
E, em vista de tal, já não discuto a posição que a senhora me destinava! já não lhe falarei

no meu amor, nem no seu; mas pura e simplesmente no verdadeiro objeto que aqui me trouxe... quero pedir-lhe um favor!...

CLOTILDE
Um favor?

CARLOS
Sim, e do qual depende, não só a minha felicidade, como a daquela que mais amo no mundo...

CLOTILDE
(*fazendo-se de má vontade*)
Como assim? Explique-se!

CARLOS
No mesmo instante e em duas palavras: seu amante, o barão, é casado.

CLOTILDE
Sim, e daí?

CARLOS
Daí é que estimo por tal forma sua esposa (*gesto de exclamação de Clotilde*), que venho pedir à senhora para romper as suas relações com ele.

CLOTILDE
(*sarcástica*)
Oh! Estava longe de supor que a baronesa lhe merecia tamanha dedicação... E é a mim que o senhor escolheu para... Mas, valha-me Deus!... O senhor é quem menos deve se empenhar pelo meu rompimento com o barão...

CARLOS
(*dignamente*)
A baronesa é minha mãe!...

CLOTILDE
(*fulminada*)
Ah! Perdão!

CARLOS
Não desejava, nem de leve, envolver nesta campanha de nova espécie o venerável nome de minha adorada mãe; vejo, porém, que é muito melhor falar-lhe às claras, e em vez de fazer da senhora um simples instrumento, tratar de associá-la à boa ação que pretendo realizar...

CLOTILDE
Mas...

CARLOS
O fato é que o barão, sem dúvida porque muito o preocupa o amor que a senhora lhe ins-

pira, chegou a ofender grosseiramente minha mãe a ponto de declarar-lhe, em minha presença as relações que ele tem com a senhora... Ah! minha mãe o adora e, só por esse motivo, não puni logo o miserável que ultrajava covardemente, já não digo a mulher que me deu o ser, e que ele escolheu para esposa, mas, quando menos, a mísera senhora! cuja defesa única era a sua virtude e cuja arma eram somente suas lágrimas.

CLOTILDE
Pobre mulher!

CARLOS
Minhas palavras a comoveram, vejo, por conseguinte, que não me enganei; posso esperar de suas mãos todo o apoio necessário, para restituir à pobre senhora o sossego e a felicidade, que desertaram do seu lar, desde que meu padrasto freqüenta esta casa.

CLOTILDE
Mas, que posso eu fazer?

CARLOS
Tudo. Pelo menos restituir seu amante àquela a quem ele pertence (*Clotilde fica pensativa*) de direito! Isto é o mais urgente; do resto trataremos depois...

CLOTILDE
Do resto? que mais há?...

CARLOS
Ah! Hei de fazê-lo sofrer todos os espinhos do ciúme que minha mãe sofreu. Auxilie-me e pode dispor de tudo, de tudo, quanto...

CLOTILDE
(*risonha, tapando-lhe a boca*)
Deixemos o ajuste para logo! Não havemos de brigar por isso! (*outro tom*) Vamos ao caso: o senhor se me não engano, quer em primeiro lugar, reconduzir ao aprisco a ovelha desgarrada, depois, castigá-la com a pena de Talião... Não é isso?...

CARLOS
Justamente.

CLOTILDE
(*meditando*)
Pois olhe, não é tão fácil...

CARLOS
Acha?...

CLOTILDE
Digo-lhe até que é bastante difícil!

CARLOS
Por quê?...

Clotilde
Porque, de duas uma – ou ele me ama deveras, e neste caso quanto mais ciúmes lhe proporcionar menos o afastarei de mim; ou não me ama, e pouco se importará com o que eu fizer!...

Carlos
Crê?

Clotilde
Correndo a nossa questão ainda o risco de que ele, uma vez aborrecido de mim, vá procurar uma outra mulher; o que tornará impossível toda a esperança de reabilitá-lo...

Carlos
Isso é exato.

Clotilde
Se é!... Desgraçadamente tenho grande experiência destas coisas e já não me engano.

Carlos
Então que havemos de fazer?

Clotilde
(*meditando*)
Espere! (*procurando uma idéia*) Ora! se eu tentasse... (*pausa*) não! isto não serve! Verdade é que poderíamos... Que tolice! Isto ainda é

pior um pouco!... (*com um vislumbre*) Ah! creio que achei!...

CARLOS

Que é?

CLOTILDE
(sem querer ser interrompida e continuando a pensar)
Oh! É magnífico! Tudo se pode conseguir!... (*mudando de tom e diretamente a Carlos*) Diga-me primeiro uma coisa... De que modo vive a senhora sua mãe?... Ela gosta do luxo? gosta de bailes, recepções, jantares, teatros, etc. etc.?

CARLOS
Qual! Hoje ela é a senhora mais inimiga dessas coisas que há no mundo! Não que já não esteja bem disposta e ainda moça, mas suponho que não quer desgostar meu padrasto, conhece-lhe o gênio insociável e receia contrariá-lo! Ah! Mas, no tempo de meu pai... era a rainha da nossa sociedade!

CLOTILDE
Que idade tem ela?

CARLOS
Trinta e tantos anos, mas parece ter pouco mais de vinte. Nunca foi tão bela.

CLOTILDE
Magnífico! Vamos muito bem!

CARLOS
Ainda estou em branco.

CLOTILDE
Diga-me! O senhor acha-se disposto a seguir à risca o que lhe indicar?... Se estiver, juro-lhe, dou-lhe a minha palavra de... (*emendando-se*) juro-lhe que dentro de três meses, quando muito, o barão voltará aos pés da esposa, completamente transformado!

CARLOS
Como pretende fazer isso?...

CLOTILDE
Nada! É cá uma idéia!

CARLOS
Diga-me ao menos quais são os meios que tenciona empregar?

CLOTILDE
Nada, nada! Ou o senhor tem confiança em mim, ou não tem. Se confia, deixe tudo por minha conta, se não confia, diga o que delibera, e nesse caso obedecerei! Um de nós há de se incumbir de traçar o plano e o outro o de obedecer. Escolha qual destes dois papéis lhe convém...

Carlos
Visto isso, prefiro obedecer; fica a senhora encarregada de traçar o plano. Não sei por que, mas creio que não me arrependerei desta inesperada confiança que me inspirou a senhora logo pela primeira vez em que estamos juntos.

Clotilde
Bem! Então mãos à obra! Antes de mais nada é preciso que o senhor e a senhora sua mãe partam quanto antes para Petrópolis...

Carlos
Para Petrópolis?... Era lá justamente que residia meu pai. A casa ficou até hoje como ele a deixou ao morrer. Depois disso não se mexeu no menor objeto...

Clotilde
Vamos de bom a melhor! É preciso que a senhora baronesa abra de novo as salas de sua casa em Petrópolis; é preciso que as ilumine, que as encha de casacas e vestidos de seda, de música, de flores, e de champagne.

Carlos
Para quê?

Clotilde
Para o bom êxito da luta, é preciso que a senhora sua mãe volte ao seu antigo resplendor e que readquira o cetro que ela havia deposto em atenção ao novo marido.

Carlos
Mas... e daí?

Clotilde
Por ora, é só isso! Mais tarde lhe darei novas ordens!... O barão não tarda a chegar. (*consultando o relógio*) São horas do almoço.

Carlos
Devo ficar.

Clotilde
Sim. E haja o que houver, passe-se o que se passar aqui, veja o senhor o que vir, não me desmentirá nunca. (*ouve-se tocar fora o tímpano*) Está aí o homem!

Carlos
Diga-me, ao menos, para meu governo que atitude devo tomar ao lado dele...

Clotilde
Agora não há tempo para isso... (*sobe à cena*)

CARLOS
Uma palavra ao menos!

CLOTILDE
(*rapidamente com mistério*)
Similia, Similibus[2]...

CARLOS
Hein? (*compreendendo*) Ah!

Cena VI

Os mesmos, AGRIPINA *e logo depois o* MAJOR

AGRIPINA
(*apressada, indo ao encontro de Carlos e mostrando-lhe a porta da E.A.*)
Pode sair por aqui! Pode sair!

CLOTILDE
(*a Agripina*)
Quem a chamou aqui? (*Agripina abaixa o rosto e as mãos. Pausa*)

---

2. A expressão completa é *similia, similibus curantur*, que significa: "o semelhante cura o semelhante". Seu autor é o médico homeopata alemão Hahnemann.

MAJOR
(*vendo Carlos, que nesse momento folheia um dos álbuns sobre a mesinha*)
Bravo! Já em campanha? Meus cumprimentos, mancebo! (*voltando-se para Clotilde*) Clotilde! (*oferece cadeiras; com ironia*) Não sei se os interrompo... Se sou demais, posso retirar-me...

CLOTILDE
Demais?! O barão com certeza, está gracejando!... (*o major sorri*) Bem sabes meu querido, que, se houvesse de minha parte a intenção de não ser encontrada aqui com este senhor, nada me custaria fazê-lo sair sem ser visto... Parece que o barão já se não lembra dos tempos do seu antecessor!... (*o major faz um gesto*) Bem sabes que eu não serei capaz de enganar-te e, para prova disso, vais ver a minha franqueza: este belo rapaz (*indica a Carlos*) veio aqui expressamente para me dizer as coisas mais bonitas deste mundo...

MAJOR
Sim?...

CLOTILDE
Ele jura que me tem um amor sem exemplo! Um amor sobrenatural!

CARLOS
Minha senhora...

MAJOR
(*com ironia*)
E que mais?...

CLOTILDE
Fazia-me as mais sedutoras propostas; apresentava-me vantagens tais, que outra mulher que não olhasse como eu para umas tantas conseqüências...

MAJOR
Ah! Ele te apresentou propostas vantajosas!... E posso eu saber quais elas são?...

CLOTILDE
Valha-me Deus, barão! Este belo rapaz desenrolou defronte de meus olhos um quadro de tudo aquilo que pode seduzir o coração e o espírito de uma mulher ainda moça e romântica, como eu...

MAJOR
Mas afinal que diabo te propôs ele?... Desembucha por uma vez!

CLOTILDE
Aí vai! Pondo de parte a questão do chamado "vil metal" – porque nesse ponto ninguém poderá levar vantagem do barão... – dizia-me que,

sendo solteiro, jamais separar-se-ia de mim...
que teríamos uma doce existência de casados...

MAJOR
De casados! Hein? (*vai se esquentando*)

CLOTILDE
Que me levaria à Itália, para saborearmos a nossa lua-de-mel debaixo das pontes seculares de Veneza, ou nas pitorescas margens do golfo napolitano.

MAJOR
Napolitano! Hein?...

CLOTILDE
E que, reconhecendo meus gostos campesinos, comprar-me-ia à volta da Itália um chalezinho na Gávea, um chalezinho muito escondido entre múrmuras sombras de velhos arvoredos, com o seu riacho ao lado, onde pescaríamos ao cair da tarde, ouvindo cantar sobre nossas cabeças as melancólicas cigarras...

MAJOR
Cigarras?...

CLOTILDE
E que haveríamos de ter uma vaquinha, alguns coelhos, muitos pombos e uma cabrinha para nos dar leite...

MAJOR

E que mais?

CLOTILDE

Que haveríamos de ter um jardim, um caramanchão e um tanque de peixes...

CARLOS
(*à parte*)
Até donde irá esta mulher?...

CLOTILDE

E, por cima de tudo isto, lições de Direito Romano...

MAJOR

E, não há mais nada?!

CLOTILDE

Acha pouco?

MAJOR
(*erguendo-se*)
Acho demais! Este rapaz esteve se divertindo à tua custa!

CLOTILDE

Por quê?

MAJOR
Porque ele disse tudo, menos a verdade!

CLOTILDE
Não disse a verdade?

MAJOR
Nunca te amou!

CLOTILDE
Será crível?...

MAJOR
Iludiu-te! Este rapaz é filho de minha mulher!

CLOTILDE
Céus!

MAJOR
E tal como o vês aí, é nada menos do que uma espécie de redentor, que se propõe com a sua moral regenerar todos nós! (*a Carlos*) O senhor conhece já qual é o fim dos redentores!...

CARLOS
Perfeitamente, mas sei também que todos eles conseguiram realizar os seus ideais!

MAJOR
(*a Clotilde*)
E, como a flor dos filhos dedicados, enten-

deu este puritano que me obrigaria a voltar ao lado de sua mãe... E, para levar a efeito tão nobre aspiração não trepidou em fingir a teus pés um amor que ele não sente!

Clotilde
Será possível?...

Major
Sem dúvida alguma, mas... como, apesar de tudo, talvez descubras qualquer vantagem nas propostas que ele te fez! não quero de nenhuma forma prejudicar-te, deixo-te plena liberdade de decidires o que melhor te parecer! na certeza, porém, de que eu, desde já declaro que cubro todos os seus lances.

Clotilde
(*ao barão*)
E a baronesa?

Major
Ela que agradeça isto ao próprio filho! Até este momento ainda podia haver esperança de uma reconciliação, depois do que se acaba de dar é impossível! E agora, compete à senhora escolher um de nós dois. Eu ou meu enteado!

CARLOS
(*ao major*)
Não é com essa facilidade que se cortam os laços que o ligam à minha mãe!...

MAJOR
(*a Clotilde*)
Já não é um homem casado quem se propõe ficar com a senhora! Pode dispor de mim como melhor entender!...

CARLOS
(*indignado*)
O que o senhor acaba de praticar é simplesmente uma infâmia.

MAJOR
(*ameaçando-o*)
Aconselho-lhe que meça as suas palavras!...

CARLOS
Para obrigá-lo a cumprir os seus deveres de esposo, eu serei capaz, e posso fazer por esta senhora sacrifícios, que ao senhor é legalmente proibido! Eu sou livre e o senhor não o é!

MAJOR
Se supõe que por meios violentos me obriga a voltar para o lado de sua mãe, engana-se,

meu caro senhor! Dada a hipótese de que esta senhora recuse as minhas propostas, já agora por acinte, irei levá-las mais adiante a outra mulher, e juro-lhe que não faltará quem as aceite!

CARLOS
Quanta vilania!

(*O major avança sobre Carlos e Clotilde mete-se entre os dois.*)

CLOTILDE
Calma, calma, meus senhores! Creio que nesta conjuntura sou a única competente a decidir. (*a Carlos*) O senhor pretendeu enganar-me, querendo fazer de mim um instrumento passivo de uma intriga que não está na alçada das minhas atribuições... (*ao major*) E, quanto ao senhor, meu querido, sempre adiantei alguma coisa, pelo menos fiquei sabendo que não lhe faltará boa disposição para substituir-me por outra, logo que o entenda necessário!...

MAJOR
Não foi minha intenção ofendê-la, Clotilde!

CLOTILDE
Estou certa disso, e tanto assim que vou lavrar a minha sentença. (*a Carlos*) Decido-me pelo barão!

MAJOR

Ah! Venci!

CLOTILDE

(*apertando a mão de Carlos*)
Não pode ser bom amante quem sabe ser tão bom filho. (*baixo e rápido*) Escreva-me!

CARLOS
(*com ironia tomando o chapéu*)
Sejam felizes! (*sai*)

MAJOR

Passe bem!

Cena VII

Os mesmos menos CARLOS

CLOTILDE

(*atirando-se ao pescoço do barão com um transporte exagerado de amor*)
Agora sim! agora posso me julgar deveras venturosa! Vou enfim realizar o grande sonho de minha vida! Viver contigo, a sós, unidos! Inseparáveis! Serás meu, só meu, todo! sem faltar um só cabelinho!... Abençoado Carlos que foi o causador de tanta felicidade! Amanhã mesmo arranjaremos uma casinha na Gávea e, refugia-

dos com o nosso amor, fugidos do resto do mundo, gozaremos uma eterna lua-de-mel! Não é verdade que serás só meu, que só viverás para mim e que tudo farás por minha causa?!...

       Major
Tudo, tudo quanto quiseres, meu amor, minha vida!

       Clotilde
       (*à parte*)
Caiu!

(*Fim do Ato Segundo.*)

ATO TERCEIRO

Primeiro quadro

(*Varanda de uma casa rústica na Gávea. Portas laterais, e ao fundo moitões e um pequeno muro com entrada no centro. Uma mesa com petrechos de escrita à E.B. Uma mesa de costura à D. Um cabide pendurado entre as portas de um dos lados. Vê-se o campo ao fundo. É dia.*)

Cena I

AGRIPINA *e depois um* CAIXEIRO

AGRIPINA
(*só, de lunetas, saia curta, touca e avental, sem com isso estar grotesca, assentada à mesinha da D. prega um botão em um casaco de homem! Contrariada*)
Arre! Isto se dura mais algum tempo mando-

os passear com as suas cabrinhas, a sua vaquinha, com todo o seu amor poético e com o diabo que os carregue! (*deixando de coser e atirando para longe o casaco*) Uf! Três meses de honestidade aguda! não! decididamente, a nossa mulherzinha perdeu o que lhe restava de miolo! que ela já não dispunha muito dessa fazenda, não há dúvida... Clotilde nunca foi das mais ajuizadas; mas nunca a supunha tão ruim, que chegasse a deitar bondade! Já não se pode negar que o barão mais se aborrece de dia para dia; estou vendo o momento em que o homem arriba por uma vez e nos deixa aqui na Gávea com as nossas cabritinhas e a nossa vaquinha!... Há de ser bonito não há dúvida! (*pausa*) Três meses! Três meses de vida honesta! Três meses de Gávea! E a minha pobre caderneta da Caixa Econômica que tem durante esse tempo andado numa dieta de caldo e arroz!... Nem um vintém de extraordinários... Entretanto, não é por falta de esforços da minha parte, graças a Deus não perdi de todo o amor ao trabalho! Ainda outro dia, conversando com o vizinho aqui da esquerda, que é rico e já de uma certa idade, dei-lhe a entender com meias palavras que Mme. Clotilde, apesar de ser moça muito séria, não é nenhuma fortaleza inexpugnável!... Pois sabem o que me respondeu o sujeito?... (*levanta-se*) Disse que eu era má língua e mulher de maus costumes! Má língua! eu! Como se escreve a História! Maus costumes! eu! que, para não abandonar o trabalho e continuar a ganhar honestamente o meu pão de cada dia, sujeitei-me a ficar enterrada, aqui, de saia curta e carapuça! sem pôr o nariz de fora, acordando às cinco e meia da manhã, deitando-me com as galinhas, e tomando leite de cabra! Eu!

CAIXEIRO
(*ao fundo*)
Uma carta para a senhora madame. (*Agripina vai recebê-la*) Precisa de alguma coisa da venda?

AGRIPINA
(*zangada*)
Precisa de quê? Menino!

CAIXEIRO
Feijão, banha, manteiga...

AGRIPINA
Vai à cozinha. Tu não sabes, pequeno, que essas coisas se tratam com os criados?

CAIXEIRO
Temos latas de marmelada, lombo de porco, vinho de cevada e...

Agripina

Ó diabo! Não te muscas por uma vez?! (*o caixeiro vai sair*) Está bom! Olha! Você traga para mim (*com mistério*) uma *Marie Brizard*...

Caixeiro

Uma quê?...

Agripina

Ó asno – que abjeção de lugar. Já viram isto?... terra atrasada!... (*indo ter com o caixeiro e dizendo-lhe sílaba por sílaba*) U-ma-gar-ra-fa-de-co-nha-que-*Ma-rie-Bri-zard*! Oh!

Caixeiro

Só isso?

Agripina

Só. (*o caixeiro sai*)

Cena II

Agripina

(*só, lendo o sobrescrito[3] da carta e depois* Clotilde)

---

3. No manuscrito, os autores escrevem "subscrito". Como a palavra aparece outras vezes, sempre com o significado de "sobrescrito", fiz as substituições, aqui, e à frente.

É dirigida a mim, aposto que dentro vem o sobrescrito à Clotilde. (*rasga o envelope*) Que dizia eu! (*guarda a carta no bolso*) É do tal Carlos, do autor de toda esta desgraça, daquele demônio que veio perturbar a doce harmonia da nossa paz doméstica. Foi ele quem desviou Clotilde do caminho dos seus deveres! Ah! minha pobre caderneta!

CLOTILDE
(*à Margarida de Fausto: vestido de chita, tranças soltas, etc. etc. da E.A.*)
Você fez o que lhe disse?

AGRIPINA
(*indo ajuntar o casaco*)
Já estão pregados os botões. (*põe o casaco no cabide*)

CLOTILDE
Vieram as frutas para o doce que eu tenho de fazer hoje?

AGRIPINA
(*contrariada*)
Está tudo aí.

CLOTILDE
Deu-se comida aos canários e aos peixinhos?

AGRIPINA
Os canários e os peixinhos estão já tão fartos como eu!

CLOTILDE
Amaltéia comeu farelo?

AGRIPINA
Creio que sim, que a Exma. Sra. D. Amaltéia comeu farelo! Pelo menos recomendei ao João que se não descuidasse de toda bicharada!

CLOTILDE
Já deram quatro horas?

AGRIPINA
Onde irão elas!... São quase cinco!

CLOTILDE
Já... oh! Leonardo cada vez mais se demora na cidade!... (*à parte*) A coisa caminha bem!...

AGRIPINA
(*sem se dominar*)
Pudera! com essa conduta – irrepreensível – que a senhora tem cometido há três meses, não há homem que a suporte! Eu nem sei, como é que ele ainda agüenta! Uma mulher casada mãe de dez filhos de cada sexo, não iria tão longe!... Credo!

CLOTILDE
Muito bem!

AGRIPINA
Muito bem? Confesso que não sei onde quer a senhora chegar com isto!... Afianço-lhe que eu cada vez a entendo menos...

CLOTILDE
Também não vejo a necessidade de que me entendas!...

AGRIPINA
(*ressentida*)
Obrigada, Madame!

CLOTILDE
Não tem de quê, Mademoiselle!...

AGRIPINA
A senhora ri! pois acredite que não acho motivo para rir!...

CLOTILDE
Acho eu e é quanto basta.

AGRIPINA
Se a senhora amasse deveras o barão, eu compreenderia que fizesse tanta...

CLOTILDE
Tanta quê?...

AGRIPINA
(*engolindo em seco*)
Tanta coisa, por ele; mas, não sentindo nada pelo homem, como eu tenho a certeza que não sente, como explicar esta série de... (*procurando*) de... caprichos... Porque é preciso que a senhora fique na certeza, minha rica, de que, por este caminho, não dou muito tempo ao barão para vê-lo arribar daqui e sumir-se por uma vez!

CLOTILDE
Parece-te?

AGRIPINA
Não me parece, tenho certeza! Mais dia, menos dia, o homem escapa-nos das unhas, e há de ser bem-feito!

CLOTILDE
Está bom. Deixa-me!

AGRIPINA
(*afasta-se mas volta logo, apresentando a Clotilde a carta que tira do bolso*)
É verdade! Cá está uma carta da senhora que veio com sobrescrito para mim. Deve ser do tal doutorzinho dos diabos!

CLOTILDE

Por aí é que você devia ter principiado a sua preleção. (*abre a carta*) Olhe! Mande servir o jantar aqui mesmo na varanda.

AGRIPINA

Mas, filha, o barão ainda ontem se queixou de que há mais de um mês não se janta senão aqui! Ainda ontem ele declarou que está farto de jantar no tom da música dos passarinhos e das cigarras!

CLOTILDE

Mas, que se importa você com isso?

AGRIPINA

Ele tem razão, coitado! Jantar aqui uma vez por outra, vá! mas todos os dias!

CLOTILDE

Faça o que lhe digo e deixe-se de considerações!

AGRIPINA
(*afastando-se de mau humor*)
Isto é o que se chama meter os pés na fortuna!

CLOTILDE

Ainda?

Agripina
Não é nada! Dizia que a mesa já estava posta lá dentro... (*sai pela D.A.*)

Cena III

Clotilde, *depois* Agripina

Clotilde
(*lendo a carta*)
"Chegamos ontem à corte. Tudo que a senhora me recomendou foi cumprido fielmente. No *País* de hoje encontrará o *compte-rendu* do último sarau que dei por ocasião do aniversário de minha mãe, nossa protegida. Se a senhora tem qualquer coisa a dizer-me pode dirigir-se ao meu escritório na rua da Quitanda." (*deixando de ler*) Vai tudo às mil maravilhas. (*chamando*) Agripina! (*Agripina entra da D.A.*) Procura aí O *País* de hoje (*Agripina procura nos móveis que estão em cena, não encontra* O País *e sai pela D.A.*) Aproxima-se o desenlace! (*vai à mesa de escrita e prepara-se para escrever*) Tratemos de responder à carta... (*escrevendo*) "Meu caro doutor Carlos. É preciso que o senhor esta noite leve a senhora baronesa ao Lírico, e, no intervalo do primeiro para o segundo ato dê um pulo no seu escritó-

rio, pois tenho que lhe falar; se as coisas correrem à medida dos meus esforços, creio que lhe levarei uma boa notícia." (*fecha a carta e sobrescrita-a*)

AGRIPINA
(*da D.A. com* O País *na mão*)
Cá está *O País*. Custou-me a encontrar! Credo!

CLOTILDE
Dê-mo. (*toma* O País *e lê para si, por esse tempo dois criados trazem da D.A. uma mesa preparada para jantar. Clotilde dá a carta a Agripina sem tirar a vista do jornal*) O João que leve quanto antes essa carta ao seu destino. (*Agripina vai dar a carta a um dos criados que trouxe a mesa e explica-lhe por mímica o que ele deve fazer. Clotilde nesse tempo procura no* País) "Tópicos" – não é isto. "Noticiário", "Conversações Lisbonenses". Adiante, "Ecos Fluminenses". Deve ser aqui. (*depois de ler para si*) É isto mesmo. (*torna a dobrar* O País *e lança-o sobre a mesa*) Agora a *mise-en-scène* para o desfecho da comédia! (*chamando*) Agripina! meu avental! (*Agripina vai ao cabide e tira daí um avental que entrega a Clotilde; esta o veste*)

AGRIPINA
Agora principia a mascarada de todos os dias!... Que canseira!...

CLOTILDE
(*indo ter à mesa*)
O saleiro?

AGRIPINA
(*do outro lado da mesa*)
Cá está!

CLOTILDE
Os palitos?

AGRIPINA
Cá estão!

CLOTILDE
As pimentas? ei-las, muito bem. (*tomando* O País) É verdade, não nos esqueçamos disto que é o principal. (*vai à mesa de escrita e põe* O País *sobre ela*) Aqui! Bem à vista! (*à parte*) Mal sabe o França Júnior[4] os serviços que está prestando!...

---

4. França Júnior, autor de comédias de costumes de grande sucesso na época, é provavelmente um dos modelos de Aluísio Azevedo e Emílio Rouède.

Cena IV

Os mesmos e o Major

Major
(*entra carregado de embrulhos que lança sobre uma cadeira, atira-se depois sobre outra, ofegante*)
Uf! Uf! Que calor, meu Deus! Boa tarde!

Clotilde
(*pelas costas do major, passando-lhe os braços em volta do pescoço*)
Ah! Já não podia suportar a tua demora! (*apalpando-lhe a testa*) Como estás quente, meu amigo! Parece que te sai fogo do rosto!

Major
(*sem poder respirar e procurando desembaraçar-se de Clotilde*)
Nem me fales! Uf! Que calor! E de mais a mais quinze minutos de ladeira! E que ladeira! Ah! É impossível! Esta moradia dá-me cabo da pele. (*indicando os embrulhos*) As tuas encomendas ali estão! A máquina de costura só virá pelo bonde de carga! Uf!! (*vai a despir o sobrecasaco*)

Clotilde
(*sem consentir*)
Não! desculpa, mas não consinto que dispas o paletó aqui ao vento!

Major

Ora essa! Não me faz mal! Que diabo! Lembra-te de que sou major do Exército, que sou um soldado. Fiz a campanha do Paraguai!

Clotilde

Não! não! Aqui não és soldado nem major, nem um sobrevivente da Guerra do Paraguai! Aqui és simplesmente a minha vida, o meu cuidado, o meu tudo! Não admito que exponhas a saúde!... (*abotoa-lhe a sobrecasaca, o major consente contrariado, depois ergue-se, vai tomar uma ventarola que está sobre a mesa, Clotilde arranca-lha das mãos*) Por ora não tens licença!

Major
(*a Agripina*)

Veja-me então um copo d'água bem fresquinha!

Clotilde

Estás louco?! Queres tomar água chegando desse modo da rua?... Pois se eu não te dou licença para te abanares com a ventarola, quanto mais para beber água!

Major

Mas é que eu tenho sede!

CLOTILDE

Pois eu dar-te-ei o que deves beber. (*vai ao fundo e prepara um copo d'água com café*)

MAJOR
(*à parte*)
Já não tenho o direito de desejar coisa alguma!

CLOTILDE
(*voltando com o copo que dá ao major*)
Aqui tens!

MAJOR
(*tomando um trago e cuspindo fora*)
Que diabo é isto?

CLOTILDE

Água com café... Muito higiênico!... Chevnovir aconselha que só assim se deve beber água no estado em que te achas...

MAJOR

Obrigado. (*repelindo o copo*) Prefiro não beber nada! (*à parte*) Maldita solicitude!... (*a Clotilde*) O jantar está pronto?

CLOTILDE
(*a Agripina*)
Manda servir o jantar. (*prendendo o major que ia a sair*) Ainda não me contaste o que fi-

zeste hoje, meu Leonardozinho... (*dois criados servem o jantar*)

MAJOR
(*impaciente*)
Que diabo havia de ter feito?...

CLOTILDE
Não sei e desejo que me contes o que foi.

MAJOR
Ora, que há de ser – o que faço todos os dias!...

CLOTILDE
Compreendo, não te convém dizer o que fizeste lá embaixo! (*comovendo-se a ponto de chorar*) Bem me adivinhava o coração!... Não é debalde que se tem pressentimentos!... (*leva o avental aos olhos*)

MAJOR
(*com impaciência crescente*)
Não, filha! Deixa-te disso, ando farto de choraminguices! Prefiro dizer tudo, prefiro o diabo, contanto que não ouça lamúrias!...

CLOTILDE
(*reanimando-se*)
Pois então conta-me tudo, tintim por tintim... Bem sabes que os teus menores passos valem

mais para mim do que tudo que há de grande e de belo sobre a terra! Vamos, fala, meu amor!

MAJOR
(*falando contra a vontade*)
Saí daqui, desci o demônio da ladeira, tomei o bonde, fiz duas horas de viagem, saltei na rua de Gonçalves Dias, estive um instante na charutaria, depois fui ao Ministério da Guerra em tílburi... depois...

CLOTILDE
Vacilas?!

MAJOR
Não. Estive em casa do Moscoso, dei dois dedos à porta do Deroche... (*lembrando*) fui ao alfaiate, que desde que me enterrei nestas alturas ainda não fiz roupa e...

CLOTILDE
(*atalhando-lhe*)
Não precisas agradar ninguém! Adiante!

MAJOR
... Aviei as tuas encomendas, meti-me de novo no bonde, engoli de novo duas horas de viagem, traguei de novo quinze minutos de ladeira, e cá estou!

CLOTILDE
Juras que não fizeste mais nada. Juras que me não escondes algumas coisas?

MAJOR
Juro-te que me amolei todo o santo dia! aí tens o que juro...

CLOTILDE
(*tomando-lhe a cabeça entre as mãos*)
E agora vens repousar das canseiras do dia, na tua obscura casinha da Gávea, certo de que encontrarás o colo de tua mulherzinha para descansar a cabeça!...

MAJOR
(*desembaraçando-se dela, e respirando com força*)
Vamos para a mesa, filha, que o jantar está esfriando!

CLOTILDE
(*correndo solicitamente para a mesa destapando a terrina e servindo um prato de sopa*)
Vês? Macarrão! é a tua sopinha predileta!...
(*Agripina faz um gesto de censura a Clotilde*)

MAJOR
Não é uma razão, filha, para que me obrigues a tragá-la todos os dias! (*zangado*) Peço-te

que de hoje em diante, nunca mais me dês macarrão. (*afasta o prato de sopa e serve-se de outra coisa*)

CLOTILDE
Por quê? (*o major fica entre ela e Agripina que o serve com toda solicitude*)

MAJOR
Porque tenho sopa de macarrão até aqui! (*mostra a garganta*) Ah! não é sem razão que o célebre Hahnemann apregoa o seu *Similia... Similibus...*

CLOTILDE
Hein?...

MAJOR
É latim... Não entendes!

CLOTILDE
(*à parte*)
Assim o entendesses tu!...

MAJOR
(*a Clotilde, depois de uma pausa que ele gasta a comer sofregamente*)
E tu não comes?

CLOTILDE
Não te preocupes comigo, coração! Para me alimentar bastam-me os teus sorrisos e os teus carinhos!...

AGRIPINA
(*à parte*)
Não contando o lanche das duas da tarde...

CLOTILDE
(*ao major*)
Tendo-te ao meu lado dispenso o resto; dá-me um olhar de ternura e estarei perfeitamente satisfeita!

MAJOR
Navegamos em pleno idealismo! Para mostarda acho pouco picante!

CLOTILDE
És injusto, Leonardo! Não devias ridicularizar por esse modo a delicada manifestação do puro amor que eu te dedico!...

MAJOR
Preferia menos poesia e um pouco mais de sal nestas costeletas!

CLOTILDE
Ingrato! Antes eu nunca te tivesse conhecido!...

Major
(*voltando-se intencionalmente
para Agripina*)
Que me conta de novo a Sra. D. Agripina a respeito dos negócios financeiros? Vão bem ou mal?...

Agripina
Oh! nem me pergunte, senhor barão; os negócios estão paralisados, totalmente paralisados; nunca vi uma crise tamanha! Se eu lhe disser que a minha caderneta...

Major
(*atalhando*)
Ah! É verdade, D. Agripina, como vai a senhora com a sua Caixa Econômica?...

Agripina
Muito mal, muito mal, senhor barão! Receio que neste andar não dê um passo para a frente, os tempos mudaram de um tal modo.

Major
Deixe estar, não tenha receio D. Agripina que em breve entrarei com alguma coisa para a sua caderneta!... Não me esquecerei da senhora.

CLOTILDE
(*que durante o diálogo do major e Agripina
tem estado a fazer café em uma
máquina, no fundo*)
Olha o café, meu bem!

MAJOR
(*contrariado a Clotilde*)
Café, que teima a tua!...

CLOTILDE
Já não gostas de café?...

MAJOR
Gosto, e até juro-te que é um grande sacrifício para mim sentir-lhe o cheiro sem poder tomá-lo!... Mas quantas vezes já te disse que prefiro o chá preto, porque o café me tira o sono...

CLOTILDE
(*muito meiga*)
Dormir muito também não é bom!...

MAJOR
Queres então me obrigar a tomar café?...

CLOTILDE
(*ameigando-o*)
Obrigar, não, benzinho; digo apenas que me darias nisso certo prazer. (*segurando a xíca-*

ra e levando-lhe o café à boca) Vamos! Faça a vontade à sua mulherzinha!

Major
(*consentindo para se ver livre dela*)
Pois bem. (*bebe o café de um trago e levanta-se da mesa. Em seguida tira do bolso um charuto e com este vem por acaso uma* Gazeta da Tarde. *Ele atira a* Gazeta *para sobre a mesa e dispõe-se a acender o charuto com os fósforos que tira do bolso*)

Clotilde
(*arrancando-lhe o charuto da boca*)
Isto é o que te faz mal, não é o café. O fumo produz palpitações cardíacas. (*lança fora o charuto, Agripina o apanha do chão, examina-o, cheira-o, e guarda-o no bolso*)

Agripina
Caixa Econômica com ele! (*gestos de impaciência do major*)

Clotilde
(*a Agripina*)
Manda tirar a mesa e preparar o necessário para jogarmos a bisca!

Major
Não, tem paciência! Para a bisca não contes hoje comigo! Tenho que fazer lá fora!

CLOTILDE
Saíres daqui? Tu?! Estás gracejando com certeza!...

MAJOR
Se te digo que tenho o que fazer na rua!...

CLOTILDE
(*abrindo a chorar*)
Ah! já não me posso enganar! já não me posso iludir! Amas a outra, desprezas-me.

MAJOR
Ora, deixa-te disso, filha!

CLOTILDE
Sim! há uma mulher que te arrebatou de meus braços! Já não és o mesmo para mim!... Já não me podes suportar...

MAJOR
Ora, para que lhe havia de dar!

CLOTILDE
(*em soluços*)
Dantes, chegavas sempre muito antes das quatro, e quase nunca saías de casa. Dantes, achavas sempre a sopa do teu gosto e nunca disseste que as costeletas precisavam de sal. Dantes jantávamos entre beijos e palavras de

amor; depois jogávamos a nossa bisca de três com dona Agripina, depois saíamos de braço dado a dar um giro poético por entre o mato, depois colhias flores silvestres e fazias-me um ramalhete que eu colocava no seio, depois voltávamos a casa de mãos dadas cansadinhos do passeio, mas satisfeitos, um com outro; depois...

Major
(*perdendo a paciência*)
"Depois, depois, dantes, dantes." Ora, filha, já basta com um milhão de bombas! Que diabo! Eu também não poderia levar eternamente a teus pés que nem um recém-casado! Oh! É preciso ser um pouco razoável!

Clotilde
(*soluçando*)
Assim! Assim! É melhor dizeres por uma vez que eu te enfastio; que eu te aborreço com os meus carinhos, que eu nada mais valho para ti! Vai, vai! Ela te espera! Podes ir, eu não te prendo. (*fingindo perder os sentidos*) Ai, meu Deus! Eu morro! Ai!

Major
(*amparando-a nos braços*)
Isto é um cúmulo! Minha mulher nunca chegou a esta perfeição! Safa!...

AGRIPINA
(*ao major, muito aflita*)
Oh! senhor barão! senhor barão! por quem é, faça-lhe festinhas, senão aparece-lhe o ataque "histórico".

MAJOR
(*furioso*)
Ora! deixe-me você também com o seu ataque "histórico".

AGRIPINA
É que se lhe dá o ataque vai tudo isto de pernas para o ar!

MAJOR
Ah! o ataque! não me faltava mais nada! Não! Tudo, menos isto. (*ameigando Clotilde sem vontade e batendo-lhe nas mãos*) Então, então, filhinha! Deixa-te de asneiras!...

CLOTILDE
Sou muito desgraçada!... Prefiro morrer...

MAJOR
Descansa, filha! Já não saio, fico! Fico em casa!

CLOTILDE
(*saltando-lhe ao pescoço*)
Obrigada, meu amor! muito obrigada! vejo que ainda me amas! (*mudando rapidamente de*

tom) Mas também fica sabendo de uma coisa... Se caíres na asneira de pôr os pezinhos na rua, eu – buct! seguia-te na pista e era capaz de acompanhar-te até ao inferno!...

Major
Apre!

Clotilde
(*agarrando-o com transporte*)
Por que não haveríamos de ficar juntos? Que necessidade tinhas tu de ir à cidade?... Conversar em política? Pois conversemos aqui mesmo! Conversemos nós dois!

Major
Não me fales em política, filha! Venho farto disso lá de baixo! Não se conversa noutra coisa! A cidade está revolucionada!

Clotilde
Quê? Pois os senhores abolicionistas são capazes de revolucionar a cidade?...

Agripina
Revolução? (*ao major*) Diga-me, senhor barão, as caixas econômicas correm algum risco com as revoluções?

Major
Nada está garantido em tais casos, D. Agripina... tudo se abala!...

Agripina
Mas, senhor! que culpa tenho eu do que fazem os abolicionistas?...

Major
(*com intenção*)
Ah! D. Agripina, os abolicionistas têm toda a razão!... Eles nada mais querem do que dar liberdade a quem não a tem; e **só pode avaliar** o que é a liberdade quem dela se vê privado. (*Agripina que ouviu muito atenta essas palavras, sai preocupada pela D.A.*)

Clotilde
(*grave ao major*)
Compreendo a indireta... Pode continuar, cavalheiro!...

Major
Ai, ai, ai, que o negócio complica-se!... (*afasta-se, evitando uma contenda. À parte*) Não entornemos de novo o caldo. (*assenta-se à mesa de escrita, toma* O País *e põe-se a ler*)

Clotilde
Agora é com o silêncio que me queres castigar! Seja! Tenho coragem para sofrer... Prefiro

tudo à tua ausência... (*o major finge que não ouve. Clotilde vai assentar-se à mesa de costura, toma a* Gazeta da Tarde *e põe-se a ler*)

AGRIPINA
(*entra da D.A. com o* Jornal do Comércio *fechado debaixo do braço e senta-se no fundo, examinando a data do jornal*)
17 de Abril de 1885, é o de hoje! (*pausa*) "O fato é que a discussão da magna questão – bem acentuada, boa repetição – foi arrancada das praças públicas e trazida para o Parlamento; é perigoso tornar a atirá-la às ruas..." (*interrompe a leitura*) Ou eu não sei o que isto quer dizer, ou isto quer dizer uma revolução. (*lendo*) "Não fechemos os olhos ao perigo, acautelemo-nos senão seremos colhidos de surpresa!... (*resmunga*) Para reprimir qualquer perturbação da ordem pública, o soldado brasileiro que não pestanejou sob o fogo das selvagens e aguerridas hostes paraguaias, bem poderia sentir tremer-lhe nas mãos a espingarda apontada ao peito dos irmãos que gritassem: liberdade para todos!!!" (*abaixando o jornal*) Valha-me Deus! já não posso ter dúvida! É o *Jornal do Comércio*, o grande órgão, quem o diz! Ah! E este não se engana nunca. (*indo a ler de novo*) Vejamos este outro artigo que está assinado por Spártaco. (*lê para si*)

Major
(*muito preocupado depois de ter lido para si*)
Olé!... Que vem a ser isto?... (*lendo*) "A deliciosa *soirée* da baronesa de S. Cláudio não desmentiu em bom gosto e animação as anteriores..."

Clotilde
(*lendo alto na* Gazeta da Tarde)
Chegou ontem de Petrópolis a festejada baronesa de S. Cláudio, a mais fulgurante estrela do nosso *high-life!...* (*percebendo que o major não ouviu, repete mais forte*) Chegou ontem de Petrópolis a festejada baronesa de S. Cláudio, a mais fulgurante estrela de nosso *high-life!*

Major
(*à parte muito preocupado*)
Minha mulher dando festas em Petrópolis?... No meu tempo isso nunca sucedeu!... (*continua a ler*)

Agripina
(*lendo*)
"Os capitais retraem-se! O equilíbrio tão necessário para a boa marcha de um governo constitucional, desapruma-se e ameaça-nos cairmos no abismo revolucionário." (*sem ler*) Spártaco! Está assinado Spártaco. (*indo ter com o major*) Diga-me, senhor barão, quem é este Spártaco?

MAJOR
(*distraído*)

Quem?

AGRIPINA

Spártaco!

MAJOR

Spártaco?

AGRIPINA

Sim. (*rápido*) Spártaco!

MAJOR

Ah! É um escravo revoltado; um escravo fugido... de Roma. (*entrega-se de novo à leitura do* País)

AGRIPINA

Fugido de Roma! Ora esta! Pois até os escravos fugidos de Roma já vêm aqui para o Brasil dar golpes de estado nas caixas econômicas?!!! Nada! já lá não quero meu dinheiro. Prefiro trazê-lo na algibeira...

MAJOR

(*concentrado, abaixando a folha*)
Está claro!... Aconselhada pelo filho, que vem de Paris, cheio de modernismos... (*continua a ler*)

CLOTILDE
É chegado o momento de jogarmos a última cartada!... E a graça é que estou comovida! (*chegando-se para o major*) Ligas mais importância aos jornais do que a mim! que é isso que lês aí com tanto interesse?

MAJOR
(*arriando a folha*)
Nada...

CLOTILDE
(*apanhando* O País *no mesmo lugar em que lia o major*)
"A deliciosa *soirée* da baronesa de S. Cláudio não desmentiu em bom gosto e animação as anteriores... S. Ex.ª com aquele espírito e com aqueles encantos que lhe conferem o primeiro lugar entre as mais fulgurantes estrelas da nossa sociedade..." (*amarrotando a folha e lançando-a por terra*) Ah! Infame! Agora tudo compreendo, agora compreendo que ficas em casa para pensares mais à vontade em tua mulher!...

MAJOR
(*contendo a cólera a custo*)
Clotilde! Tenhamos calma. (*agarra uma cadeira e bate com ela no chão*) Tenhamos calma! Já te preveni formalmente e por mais de uma vez de que não admito que pronuncies aqui o nome da minha mulher!...

Clotilde

E, por que hei de sofrer em silêncio as tuas tiranias?... Não faltava mais nada! Eu aqui metida não pensando em outra coisa senão em ti, cogitando noite e dia os meios de fazer a tua felicidade, e tu, pelo teu lado, a cismares na baronesa! Não! Isso não tem jeito! Eu aqui enterrada, matando-me, sacrificando o meu futuro por tua causa, enquanto que tu, hipócrita! dedicas à tua mulher todos os teus pensamentos! Poderei agora acreditar nas tuas carícias; saberei por acaso se me afagas pensando nela? Não! Isto não pode ser assim.

Major

(*que tem a custo reprimido a cólera*)
Clotilde! acho prudente que te cales!...

Agripina

O *Jornal do Comércio* nunca se engana! Cá está a Revolução!

Clotilde

Não me calo! Hei de falar! hei de desabafar! Não te metesses comigo! não empregasses os meios de me fazer apaixonar por ti!... (*outro tom*) E, para completa segurança, desde já ficas proibido de sair de casa.

Major

Que é lá isso?! Proibido?!

CLOTILDE
Não hás de sair.

MAJOR
Quem mo impede?

CLOTILDE
Eu. (*agarra-o pelo braço – à parte*) Aproveitemos a ocasião que não pode ser melhor. (*alto*) Sou eu quem to proíbe!

MAJOR
(*toma o chapéu e enterra-o na cabeça*)
Veremos. (*faz menção de sair*)

CLOTILDE
(*passando-lhe os braços em volta do pescoço, como Cecília no ato primeiro*)
Oh! por quem és não saias! não saias! Perdoa se te atormentam os meus ciúmes! mas porque eu te amo! porque és a minha vida, o meu ideal, o meu tudo!

MAJOR
Deixe-me.

CLOTILDE
(*enlaçando-o nos braços*)
Não! não te deixo! Se saíres acreditarei que são fundadas as minhas desconfianças!... Acreditarei que amas novamente a tua mulher!

MAJOR
(*no auge da cólera – repelindo-a*)
Pois amo com um milhão de metralhas! E agora?

CLOTILDE
(*segurando-lhe com ambas as mãos o
braço esquerdo*)
Traidor!

AGRIPINA
(*tentando meter-se entre os dois*)
Acalmem-se, meus filhos, por quem são, acalmem-se!

CLOTILDE
Pérfido!

MAJOR
(*a Clotilde*)
Solte-me ou eu faço uma asneira!

CLOTILDE
(*sem largá-lo*)
E, crês, toleirão, que tua mulher está até agora à tua espera sem pensar em substituir-te? (*solta o braço e afasta-se enquanto Agripina toma o lugar dela*)

Major

Ah! Miserável! (*dá uma bofetada que Agripina recebe em vez de Clotilde, em seguida sai pelo fundo correndo. Pausa*)

Clotilde

(*aproximando-se de Agripina que ficou perplexa com a bofetada, batendo-lhe no ombro*)

Caixa Econômica com ela. (*consigo*) E agora, à rua da Quitanda! (*arranca o avental e lança-o para longe*)

(*Fim do Ato Terceiro.*)

ATO QUARTO

Segundo Quadro

(*Escritório de advogado, portas laterais e uma porta ao fundo. À D. uma secretária, estantes à E., um canapé. É noite.*)

Cena I

Carlos *e um criado*

Carlos
(*entrando do fundo seguido pelo criado. Vem de casaca, claque e sobretudo no braço*)
Não veio alguém procurar-me na minha ausência?

####### CRIADO
Ninguém veio depois que V. Sª saiu.

####### CARLOS
(*assentando-se*)
Bem, deixa-me. Se vier alguém à minha procura previne-me logo. (*o criado sai*) Cheguei a tempo! Temia fazê-la esperar por mim! (*encosta a cabeça na mão*) E lembro-me de que minha boa mãe supõe que toda esta maravilhosa campanha é obra minha!... Oh! se ela soubesse quem é o verdadeiro comandante; ela! que é tão escrupulosa e tão aferrada aos seus princípios, ficaria deveras indignada!... Pobre brasileira! um ano de Paris te arrancaria esses escrúpulos! Ali, que qualquer festa de caridade tem o privilégio de reunir entre as mesmas paredes as fidalgas da mais fina aristocracia com as estrelas mais rutilantes do *demimonde*... (*pausa prolongada*) Clotilde pode ser uma criatura ruim para todo o mundo, para mim é e será sempre uma mulher de muito espírito e de muito coração!...

####### CRIADO
(*ao fundo*)
Uma senhora procura V. Sª.

####### CARLOS
Ei-la. (*ao criado*) Que entre. (*o criado sai*)

Cena II

Carlos, Clotilde *e depois o criado*

Carlos
(*indo vivamente ao encontro dela e tomando-lhe as duas mãos*)
Como tem passado? Que há de novo? São boas ou más as notícias que me traz? Explique-me por que meio conseguiu fazer o barão procurar-me ainda há...

Clotilde
(*vestida de preto, com elegância e simplicidade, atalhando a Carlos*)
Devagar! devagar! meu amigo. Isso é muita coisa junta!... Vamos por partes. Em primeiro lugar – uma cadeira! Não é brinquedo vir da Gávea até aqui.

Carlos
(*conduzindo-a ao divã*)
Oh! mil perdões, minha senhora; mil perdões!... (*Clotilde senta-se e respira como quem chega fatigada*) Agora, tenha a bondade de dizer-me como conseguiu que o barão...

Clotilde
Não, ainda não chegou a ocasião de ser interrogada: por ora tenho ainda algumas pergun-

tas a fazer, são poucas e talvez as últimas... A senhora sua mãe onde está neste momento?

CARLOS
Deixei-a no Lírico, segundo as suas ordens...

CLOTILDE
Muito bem.

CARLOS
Foi aí justamente, quando eu saía para vir ao encontro da senhora, que encontrei meu padrasto.

CLOTILDE
Ah! Continue.

CARLOS
Fiquei deveras surpreendido!... Ele estava fora do si, meio estonteado, não tinha feito a toalete, a camisa desfeita em suor, as botas empoeiradas, a roupa em desordem; parecia um louco! Assim que me viu, correu logo ao meu encontro e tão comovido perguntou por minha mãe, que cheguei a ter pena dele... Mas, não podíamos conversar ali; já todos nos olhavam curiosos e eu, receando ao mesmo tempo faltar a esta nossa entrevista, disse-lhe que viesse no fim de uma hora, ter comigo aqui.

CLOTILDE
Aqui?

CARLOS
É verdade.

CLOTILDE
Nesse caso dispomos de pouco tempo, não convém esperdiçá-lo, porque não quero ser surpreendida pelo barão. Diga-me: a senhora baronesa continua a ignorar da minha intervenção neste negócio?

CARLOS
Como sempre; nem desconfia.

CLOTILDE
Muito bem. Creio que a minha missão está finda ou quase finda. Seu padrasto vai regressar espontaneamente ao lado da esposa, curado por uma vez dos seus desvarios!...

CARLOS
Mas, como fez a senhora esse milagre?

CLOTILDE
Mais tarde o saberá; não há tempo agora para tratar disso, contente-se com o resultado, o que já não é pouco!

CARLOS
Oh! ao contrário, o resultado é tudo, e juro-lhe, Clotilde, que não sei por que meio hei de provar-lhe o meu reconhecimento...

CLOTILDE
Não tratemos disso...

CARLOS
O seu proceder desinteressado e generoso; todos os seus atos para comigo, desde que tive a inspiração de pedir o seu auxílio obrigam-me a ser-lhe grato, mas ao mesmo tempo cortam-me os meios de lhe pagar tantos e tão dignos serviços.

CLOTILDE
Não tem que me agradecer... (*a um gesto de Carlos*) Ouça e verá: em primeiro lugar, se fiz tudo o que fiz, foi porque o senhor me inspirou desde logo um sentimento tão novo para mim, e tão puro, tão bom! que eu senti necessidade de transformar-me e, como lhe disse em nossa primeira conversa, tive a pretensão de elevar-me aos seus olhos e merecer-lhe mais alguma coisa do que o desprezo do homem honesto pela mulher perdida!...

CARLOS
Creia que...

CLOTILDE
(*sem se deixar interromper e abaixando o braço que Carlos levantou*)
Em segundo lugar, porque na vida airada que levo, consola-me ter, muito escondido no fundo da alma, a lembrança de haver praticado um ato perfeitamente digno e louvável!... Que quer, meu amigo, o coração também se cansa de ser mau e traiçoeiro, e precisa, pelo menos uma vez, repousar à sombra de um ato honroso. Até aqui tenho vivido na lama e na ignomínia, pois bem, este episódio sincero e generoso que acabo de experimentar, abriu na minha vida de boêmia um ligeiro parêntese do qual hei de lembrar-me sempre com prazer e com orgulho! (*tomando-lhe as mãos*) Ah! Carlos! E, quando, ao fugir a última hora da mocidade, e assaltarem-me com os estragos do tempo, os remorsos, que nada mais são do que a velhice da alma, eu me sentir prostrada e vencida, imagine como não me será grata a recordação deste único fato bom de toda minha existência inútil e depravada... Imagine quanto não será consoladora e suave para mim a idéia de que entre todos os homens, há pelo menos um que não me julga com os outros uma criatura abjeta e torpe! Imagine quanto não me lisonjeará a certeza de que durante algum tempo fui o bom anjo de uma família inteira e fui a solidária de um homem honrado! (*cruzando os braços*) E é esse

meu associado, esse meu companheiro do bem, que me pergunta quanto custa a minha obra?... Não terei também o direito de lhe perguntar quanto quer pelo bem que me fez?...

Carlos

Tem, e quero em pagamento a sua completa regeneração. (*Clotilde sorri com tristeza*) Uma mulher capaz dessas idéias que a senhora acaba de formular e capaz dos atos que praticou, só não se regenera se de todo não o quer!

Clotilde

Engana-se, meu amigo, o vício também tem os seus direitos!... Infelizes daqueles que se deixam visgar por essa terrível engrenagem, que jamais se desgarra das suas presas sem as ter desfibrado e consumido com os seus dentes de ferro! O jogador, o bêbado e a meretriz hão de viver sempre amortalhados no próprio sudário dos seus vícios e só conseguem escapar da retorta do mal quando não são mais do que os restos do que foram!

Carlos

(*à parte*)

E eu que supunha conhecer estas mulheres... (*a Clotilde*) A senhora nunca poderá calcular a estranha impressão que me produz neste momento!... É como se eu tivesse defronte dos olhos um demônio com asas de arcanjo! E, donde teriam vindo essas asas? e esse demônio donde veio? quem teria pulverizado aquela alma com as penugens douradas que senti roçar pela minha alma? quem a teria amarrado ao cativeiro do mal e lhe teria ensinado a destruir e repisar os bons sentimentos que ela própria me inspira! qual dos dois é o vencedor? – o anjo ou o demônio? (*tomando as mãos de Clotilde*) Deixe dizer-lhe tudo! deixe-me falar-lhe com franqueza! Não sei se perdoará o que vai ouvir; não sei se eu mesmo perdoarei o que vou dizer, mas...

CLOTILDE
(*comovida repelindo-o*)
Cala-te por amor de Deus, que uma só de tuas palavras pode destruir num momento a obra gloriosa de minha existência!

CARLOS
(*como quem vai fazer uma declaração*)
Ouve! Eu to suplico!...

CLOTILDE
(*desviando-se*)
Não! Nada quero ouvir... (*transformando-se*) Vê tu, quanto somos desgraçadas, nós mulheres perdidas; vê quanto somos infelizes, que eu, porque não te vejo como vejo aos outros homens; eu, porque em ti concentrei tudo que de melhor existe em minha alma; eu, justamen-

te por tudo isso não consinto que sejas meu amante! Não quero! Não serás! Deixa-me só, com o meu passado e com a triste certeza de que mais nada te mereço além de compaixão! Refugia-te dentro de teu próprio caráter; e que este seja o mais sincero e o mais doloroso sacrifício que eu te consagro!

CARLOS
Clotilde!

CLOTILDE
Adeus.

CARLOS
Fica.

CLOTILDE
Não. Adeus, e adeus para sempre. Amanhã mesmo sigo para Europa. Nunca mais nos veremos. Adeus! (*vai a sair e Carlos se precipita sobre ela para tomar-lhe as mãos quando aparece no F. o criado*)

CRIADO
(*a Carlos*)
Está aí o senhor barão!

CLOTILDE
Já? Como voou o tempo! Não quero que ele nos encontre juntos. Por onde devo sair sem ser vista?...

CARLOS
É impossível! A casa tem apenas uma entrada.

CLOTILDE
Eu me esconderei naquele quarto. Adeus...
(*beija-lhe a testa e sai correndo pela D.A.*)

CARLOS
(*ao criado*)
O barão pode entrar. (*sai o criado*)

Cena III

CARLOS *e o* MAJOR

CARLOS
(*só*)
Singular criatura!... (*pensativo*) Cada vez mais me convenço de que não há mulher alguma, por mais desvirtuada, que não seja capaz de uma boa ação! (*vendo o major que aparece no F. hesitante*) Pode entrar!

MAJOR
Depois do que se passou entre nós, confesso que não é sem hesitação que aqui entro...

Carlos
A sua presença, meu padrasto, é sempre muito agradável nesta casa... e, quanto ao que se passou entre nós, creia que de nada me lembro!

Major
(*avançando resoluto e comovido para Carlos abraçando-o*)
Bravo, meu rapaz, acabas de dar a mais legítima prova da grandeza de tua alma!

Carlos
Meu padrasto exagera...

Major
Não exagero, e confesso para minha vergonha que eu não seria capaz de tanto.

Carlos
Questão de temperamento!

Major
Talvez, mas nesse caso tens um temperamento muito superior ao meu!

Carlos
Tudo o que se passou não terá a menor importância se meu padrasto vem disposto a reparar as... faltas cometidas...

Major

Ah! Quanto a isso, meu amigo, afianço-lhe que estou bem castigado! Venho, nem só arrependido, mas, o que é melhor, curado radicalmente da minha loucura!... (*passando o braço no ombro de Carlos*) Ah! meu Carlos, não podes imaginar que demônio é aquela mulher!...

Carlos

Clotilde?... (*Clotilde espia pela cortina da D.A.*)

Major

Quem mais há de ser?... Ah!... Não podes imaginar as torturas que aquela maldita me impôs!... Era um suplício de todos os instantes; era um castigo de gota a gota, que se foram acumulando até fazer transbordar o tonel da minha paciência. Não te digo mais nada – ela tais e tantas me fez curtir, que só então pude apreciar com justeza o quanto vale tua santa mãe!...

Carlos

Como assim?... Ela não se portou bem com o senhor? Fez-lhe alguma deslealdade?...

Major

Qual! Ao contrário, meu amigo, foi justamente o excesso de dedicação que me levou ao cúmulo do desespero! De hoje em diante, hei de dizer a todos os meus amigos: quando virem cocote atacada da febre de virtude, fujam, fujam, que a coisa não é para brincadeira!

CARLOS
Todavia, não deixa de ser esquisito!...

MAJOR
Ah! meu caro, ela nunca havia bebido desse vinho e, por tal forma abusou dele quando quis prová-lo, que não só se embriagou, como me fez ficar tonto, a mim!

CLOTILDE
(*da cortina, à parte ameaçando o barão*)
Eu já te curo a tontice... Espera aí!

MAJOR
(*chegando-se confidencialmente para Carlos*)
Foi tão formidável a cena que ela me fez ainda esta tarde que, tenho vexame em confessá-lo, cheguei a... (*faz menção de dar uma bofetada*)

CARLOS
O senhor deu-lhe uma bofetada?

MAJOR
Creio que sim... Estava cego de cólera! Também não esperei por mais nada, ganhei a

rua, meti-me no primeiro carro que passou; corri a Laranjeiras; enfiei por minha casa, minha mulher não estava lá! – "Onde está?" – "No Lírico." – "Com quem?" – "Com o senhor Carlos." Oh! que decepção! que raiva! que desespero!...

Carlos
O senhor, com efeito, estava sobressaltado quando o encontrei...

Major
Corro ao teatro, entro e a primeira fisionomia que feriu meus olhos, foi a de sua mãe, meu amigo. Ah! Cecília nunca me pareceu tão bela. Nunca, nem mesmo antes de casamento a contemplei com tanta paixão, com tanto entusiasmo! Felizmente encontrei-te daí a pouco, marcaste-me uma entrevista aqui e...

Carlos
E foi recebido de braços abertos.

Major
Sim! mas já agora desejo que acabes a tua obra! Preciso lançar-me aos pés de minha mulher! Quero pedir-lhe perdão!

Carlos
Nada mais simples; venha comigo, meu carro está aí embaixo; vamos ter com ela ao teatro...

Major
(*sem ânimo*)
Não, tem paciência, meu filho... vai tu primeiro e enquanto eu não chego prepara o terreno. Só assim ela me receberá menos mal...

Carlos
Nesse caso, o melhor é esperarmos aqui, vou buscá-la ao teatro e torno já para seguirmos todos juntos para casa... Está dito?

Major
Pois bem. Vai, eu espero.

Carlos
(*tomando o chapéu e o sobretudo*)
Até já. (*sai pelo F.*)

Cena IV

Major *e depois* Clotilde

Major
(*só*)
Como tremo, meu Deus!... Parece que vou responder a um conselho de guerra!... O coração bate-me como se eu tivesse aqui dentro um relógio de catedral. Se isto continua não poderei dar uma palavra a minha mulher! E, de mais a mais aquele demônio obrigou-me a tomar

café ao jantar!... Nunca me senti tão nervoso!...
(*durante esta fala Clotilde passa do quarto e vai se colocar na porta do F., sem ser percebida pelo major senão quando ela chega aí*)

Major
(*voltando-se para o fundo*)
Clotilde? Oh!

Clotilde
É verdade: sou eu, barão!

Major
Ela aqui?! Bonito! Lá se foi tudo por água abaixo!

Clotilde
(*sentando-se tranqüilamente no divã e oferecendo com afetada cortesia uma cadeira ao major*)
Sente-se, barão. Sente-se que temos tempo para conversar! Tanto se paga em pé como assentado!... (*o barão senta-se aniquilado, pequena pausa, Clotilde se prepara para falar*) Meu caro senhor meu amante! V. S.ª pensou bem no que acaba de praticar?... ou imaginou talvez que, depois do seu incomparável procedimento, eu o deixasse assim, sem mais nem menos, voltar aos braços de minha rival?!... (*gesto do major*) Pois lhe teria passado pela cabeça que,

depois da maneira pouco parlamentar (*faz o gesto de dar uma bofetada*) com que o senhor se despediu de dois frágeis representantes de sexo fraco!... olhe bem para mim, barão!... eu lhe havia de deixar em paz?!... Ponha o caso em si! (*ergue-se*) Pois não compreendes, ó meu barão ingênuo, ó meu cândido major! que as mulheres de minha têmpera são mais brandas do que as pombas quando as afagam carinhosamente, e mais terríveis do que as hienas, quando as agitam os temporais dos ciúmes!

MAJOR
(*recuando*)
Clotilde! Clotilde!

CLOTILDE
(*calma*)
Que é?...

MAJOR
(*deixando transbordar a raiva*)
Saia, saia imediatamente, rua! Não profane esta casa.

CLOTILDE
Ti, ti, ti, ti, ti, meu barão, que você vai por mau caminho... Aqui neste momento ninguém dá ordens senão eu!

MAJOR

Não abuses de minha paciência!... Já conheces meu gênio e sabes que em me chegando a mostarda ao nariz, não respondo pelos meus atos.

CLOTILDE

Ah! Eu bem sei do que és capaz! (*menção de bofetada*) O que é verdade, diz-se. Brutalidade não te falta!

MAJOR

Como?

CLOTILDE

A César o que é de César.

MAJOR

Ainda.

CLOTILDE

E a Bruto (*aponta para ele*) o que é de bruto!

MAJOR
(*furioso*)

Ah! Que se não foras uma mulher!...

CLOTILDE

Ah! Sei que és valente e por isso gosto de ti, mas não serias capaz de cometer um ato de violência contra uma dama fraca e delicada!

MAJOR
(*à parte*)
E minha mulher que está aí a chegar de um momento para outro!... (*a Clotilde*) Se a senhora veio aqui com alguma intenção; se pretende alguma coisa de mim, diga logo e avie-se, que ao contrário não respondo pelas conseqüências disto!...

CLOTILDE
Previno-te de que nada arranjarás com ameaças!... É muito melhor entendermo-nos como dois bons e leais inimigos...

MAJOR
Estou disposto a qualquer sacrifício para ver-me livre da senhora! Pode falar.

CLOTILDE
Senta-te ali e escreve.

MAJOR
(*meio à parte*)
Documentos... Mal vai o negócio!...

CLOTILDE
Não tens que temer... (*o major assenta-se à secretária e dispõe-se a escrever*) Passa uma ordem de um conto de réis paga ao portador e à vista!

MAJOR
Só isso. (*escreve*) Pronto.

CLOTILDE
Não. Falta ainda meter no envelope e sobrescritá-la...

MAJOR
(*obedecendo sem tirar a vista de Clotilde*)
A quem deve ser dirigida?...

CLOTILDE
(*ditando*)
Ilma. e Exma. senhora D. Agripina da Purificação Pimenta de Carvalho.

MAJOR
Esta Pimenta é aquela Agripina da Gávea?

CLOTILDE
Em pessoa, e essa ordem é a indenização da bofetada que me querias dar e que a pobrezinha recebeu.

MAJOR
Não foi uma pechincha!... Por tal preço sei de muita gente que levaria bofetadas até a última hora do dia do juízo final. (*a Clotilde*) Só isto, não?

Clotilde
Não!

Major
Que mais temos?

Clotilde
Agora é a minha vez...

Major
Aproveita, aproveita enquanto Brás é tesoureiro!... Daqui a pouco está fechado o expediente! Vamos lá!... (*Clotilde fica a pensar. Pausa prolongada*) Mau!... Pela demora já principio a desconfiar da segunda parte!...

Clotilde
Escreve!

Major
Pronto!

Clotilde
(*ditando*)
Juro, sob minha palavra de honra...

Major
(*interrompendo-se*)
Que é lá isso?

CLOTILDE
Escreve!

MAJOR
(*com um suspiro*)
Qual será este meu último sacrifício? (*resigna-se a escrever*)... de honra.

CLOTILDE
(*repetindo*)
Juro, sob minha palavra de honra (*ditando*), ser fiel, constante, dedicado e para sempre companheiro e amigo de...

MAJOR
(*largando a pena indignado*)
Vai dizer o seu nome, não escrevo.

CLOTILDE
(*sem se alterar, continuando*)
... e para sempre companheiro e amigo da Exma. baronesa de S. Cláudio...

MAJOR
Ah! (*toma a pena e escreve*)

CLOTILDE
... minha legítima e virtuosa esposa!

MAJOR
Diabos me levem se eu compreendo!

CLOTILDE
Sobrescrite.

MAJOR
(*obedecendo*)
A quem?

CLOTILDE
A seu enteado.

MAJOR
A Carlos?... Ah! Compreendo! isto é uma nova arma com que ela tenciona provocar os meus zelos. (*rindo*) Está bem arranjada!

CLOTILDE
Peço-lhe que se encarregue de entregar essa carta ao seu destinatário; desta outra me encarrego eu... (*a toma*)

MAJOR
Pode ficar descansada que será entregue!

CLOTILDE
Agora, só me resta pedir-lhe que...

MAJOR
Ainda temos obra?... (*à parte*) Bem me parecia muita fortuna junta. (*a Clotilde*) Que mais quer?

CLOTILDE
Licença para retirar-me.

MAJOR
(*solicitamente*)
Pois não, minha senhora! Não se constranja! Nada de cerimônia. (*afasta o reposteiro*)

CLOTILDE
Não lhe recomendo que se lembre de mim, porque tenho plena certeza de que nunca se esquecerá! Lembranças a Carlos! (*faz uma mesura e sai*)

Cena V

MAJOR
(*só – atirando-se a uma cadeira e respirando com desabafo*)
Ora graças a Deus! Uf! Ainda me parece um sonho!... (*levanta-se animado*) Agora, Leonardo, prepara-te para entrar em vida nova! Assim esteja minha mulher disposta a perdoar-me!... (*pausa*) Caro me custou a brincadeira; mas, no fim de contas não me posso queixar: Clotilde estava com a faca e o queijo na mão e aliás não abusou como podia... (*respirando e sacudindo os braços e as pernas*) Ah! que alívio! Quanto é agradável arriar uma carga depois de três meses

de Ladeira da Gávea; sinto-me outro. (*bate na barriga*) Sinto-me bem disposto!... E, quando me lembro que, se aquele demônio se demora aqui mais um instante podia encontrar-se com minha mulher, tenho vertigens. (*ouve-se rumor*) Ah! Eles que chegam (*segura o peito*) E não é que estou comovido? (*limpando os olhos*) Ora esta!... Ora esta!... Eu que nunca chorei em minha vida!...

Cena VI

O mesmo, Cecília *e* Carlos

Cecília
(*em toalete de ópera, entra do F. e lança-se nos braços do major*)
Leonardo!

Major
(*ajoelhando-se aos pés dela*)
Perdão, Cecília. (*Carlos durante isto vai levantar o reposteiro de D.A.*)

Cecília
Não calculas quanto me fizeste sofrer, mas estás perdoado de tudo pelo prazer que me dá a tua volta.

MAJOR

És um anjo. E não é que está mais bela do que nunca!

CECÍLIA

Sonso! Queres... adoçar-me a boca.

CARLOS

(*voltando da D.A. – à parte*)
Saiu! Como teria-se ela arranjado!...

MAJOR

(*abraçando a esposa*)
Acredita que não sou tão culpado como supões!...

CECÍLIA

Acredito, e por isso estás perdoado! Bem sei o que são essas mulheres! São elas quase sempre a causa de nossas lágrimas!

MAJOR

(*convicto*)
E dizes muito bem, minha amiguinha. São elas as grandes desorganizadoras da família; são elas a base de toda a corrupção dos costumes; são elas o veneno que nos corrompe, a nós, homens honrados, e a vós, mulheres honestas!

CARLOS
(*ao major batendo-lhe no ombro*)
Não amaldiçoe os venenos, meu padrasto; porque se às vezes matam, muitas vezes curam...

MAJOR
Como?

CARLOS
Similia, Similibus Curantur.

FIM

O CABOCLO

Drama em três atos

Representado pela primeira vez a
6 de abril de 1886, no Teatro Santana,
no Rio de Janeiro

PERSONAGENS

Luís (o caboclo)	35 anos
Virgílio Gonçalves Dias	50 anos
Flávio (empregado)	26 anos
Domingos Alves	⎫
Gomes	⎬ Operários
Henrique	⎥
Manoel	⎭
João	14 anos
Luísa	20 anos
D. Quitéria	45 anos
Criado	
Empregados, operários	

A cena passa-se num dos arrabaldes do Rio de Janeiro, em uma fábrica de cigarros.

Atualidade

ATO PRIMEIRO

(*Um escritório, uma porta de cada lado; ao fundo uma grade de madeira polida com entrada ao centro; ao lado esquerdo desta grade uma secretária de guarda-livros, com o seu mapa ao lado, vêem-se o* Razão *e o* Caixa *depositados sobre a secretária; ao lado direito da grade uma burra de boas dimensões, em cima da qual também há livros de escrituração mercantil; deste mesmo lado, mas em primeiro plano, uma mesa de escrita, cheia de papéis, jornais, etc. etc.; no primeiro plano do outro lado, e junto à parede, uma mesinha coberta de tabaco desfiado e os preparos para fazer cigarros. Mobília correspondente. É dia.*)

Cena I

(*Ao levantar do pano,* Caboclo, Flávio *e* Luísa, *de pé no meio da cena, discutem calorosamente.*)

CABOCLO, FLÁVIO *e* LUÍSA

FLÁVIO
Está bom! Está bom! Chega, oh! Para que hão de estar sempre nessa contenda? E agora vão ver, tudo por quê? Por uma bagatela!

CABOCLO
Bagatela, não! Entre marido e mulher nada é bagatela. (*a Flávio*) Bem sabes como eu sou para minha Luísa!... Não posso ser melhor! Nunca a contrario, nunca! Antes procuro fazer-lhe todas as vontades e todos os caprichos. Ninguém melhor do que tu, Flávio, é testemunha da minha dedicação por esta teimosa: nada faço que não seja por ela e para ela; o que economizo, o que ganho é tudo seu; para mim nada quero; não tenho vícios a sustentar, não jogo, não bebo!

FLÁVIO
Isso é verdade.

CABOCLO
A minha cachaça, a minha única mania, todo o meu fraco, é o teatro, só o teatro! Ora, por que não há de ela estar de acordo comigo neste ponto?

LUÍSA

Qual o quê! eu tanto não te contrario que até represento contigo!

CABOCLO

Sim, mas tudo o que fazem os outros sempre está muito bem-feito, ao passo que, quando te pergunto com toda a seriedade qual é a tua opinião sobre este ou aquele trabalho meu, tu te pões a rir, como se eu fosse um idiota. Vamos! Dize agora que isto não é verdade! (*Luísa solta uma risada*) Mas por que diabo hás de rir? (*a Flávio*) Vês? (*Luísa ri mais*) Mas por que te ris, Luísa?

LUÍSA
(*rindo*)
Ora, filho, porque te acho graça! É boa!

CABOCLO

Achas graça! Pois é isso o que me aborrece! O meu trabalho não é para fazer rir!... É tudo o que há de mais sério.

LUÍSA

Deixa-te disso! Não nasceste para as coisas sérias!

CABOCLO

É o que te parece!

LUÍSA
Não serves para o drama, repito! Tua cara, teus gestos, tua voz não têm nada de dramático! Eu até te acho parecido com o Vasques!

CABOCLO
Pois hei de provar-te que sou capaz de representar o drama tão bem como os outros! Hás de ver quando eu disser: (*declama*)
"Oh, nunca, Iago, não mais!
À semelhança do Pôntico,
Cujas correntes jamais
Refluem; e vão a Propôntico
Pagar tributo, e ao Helesponto,
Assim os meus pensamentos
Não podem voltar ao ponto
Donde partiram, violentos!"[1]

(*suspende porque os dois estão rindo*) E não é que estão rindo ambos! Ora esta!

LUÍSA
(*rindo*)
E que culpa tenho eu de que me faças rir, quando me queres fazer chorar?

---

1. trecho de *Otelo* de Shakespeare: cena III do 3º ato.

Flávio
(*batendo no ombro do Caboclo*)
Não lhe dês corda, que é o que ela quer! Acredita que não se pode desejar muito mais de que fazes no *Otelo*! Assim o fizesse eu!

Caboclo
Pelo menos é a opinião de meu padrinho Virgílio, que não tem nada de peco neste assunto!

Flávio
Pois se o patrão está satisfeito com o teu trabalho, que te importas tu com o que diz a Luísa? Nós a quem temos de agradar aqui é ao patrão e à patroa; à patroa agradamos fazendo cigarros, ao patrão representando os papéis das peças que ele escreve!

Caboclo
E que são muito bem escritas, tudo o que há de bem escrito!

Flávio
Pois então é não fazer caso das risadas de tua mulher e caminhar para a frente.

Caboclo
Amanhã é que eu quero ver se ela tem vontade de rir, quando eu aparecer vestido de mouro, de Otelo, com a minha capa e a minha espada!

LUÍSA
Faço idéia!...

CABOCLO
Juro-te que serei um grande ator. Os atores não nascem...

LUÍSA
Não nascem, ora essa!

CABOCLO
... não nascem feitos, fazem-se.

FLÁVIO
(*à parte*)
O que te estás fazendo, sei eu!

LUÍSA
(*mudando de tom*)
Ora, e eu aqui a palestrar, tendo ainda de ir recolher o fumo que pus a secar no mangueiral. Que maçada! Aturar esta soalheira!

CABOCLO
(*com ternura*)
Não precisas apanhar sol, eu vou por ti. Fica.

LUÍSA
(*fazendo-lhe uma carícia*)
Bem bom, meu maridinho! olha! Entrega o fumo ao Henrique. (*Caboclo sai pelo fundo*)

Cena II

Luísa *e* Flávio

Luísa

Ora graças!

Flávio

Coitado!

Luísa

Está ficando insuportável com esta mania de teatro.

Flávio

Não fales mal de teatro, meu amor. Se não fosse o teatro como poderíamos nós gozar estes momentos de inteira liberdade? Confesso que não desgosto desta mania teatral; para os namorados não há como isto! O teatrinho foi com certeza inventado por um casal de apaixonados que se não podiam falar à vontade.

Luísa

Tens razão. O amor, para ter graça, deve ser assim como o nosso – oculto, escondido. Não admito amor sem obstáculos e perigos; o amor como eu o entendo, deve ser sempre um mistério!

Flávio
Não digo o contrário, mas suponho que o nosso segredo já não é um segredo para muita gente aqui da fábrica!

Luísa
Por quê?

Flávio
Ultimamente tenho notado certos olhares, certos sorrisos, que me não enganam. Tenho até medo de que o Caboclo...

Luísa
Meu marido?

Flávio
Sim. Desconfie afinal de qualquer coisa!...

Luísa
Qual! Já vejo que não conheces aquele homem! É a boa-fé em pessoa!

Flávio
Hum! Hum! Não é prudente fiar tanto! No fim de contas ele é teu marido; é desconfiado como todo o caboclo e estou certo de que por debaixo daquela capa de tolo há um gênio dos diabos; força não lhe falta, tem por quatro e, se chegasse a descobrir as nossas relações...

Luísa
Oh! Parece que tens medo!

Flávio
Eu?! Que idéia!

Luísa
Se descobrisse! Se descobrisse, estava descoberto! Ele tem gênio, eu também tenho! Que poderíamos temer? Ir cada um para o seu lado? Mas isso justamente foi no que eu e tu pensamos antes de mais nada, tanto que estavas disposto a arribar comigo!

Flávio
E ainda estou! Acredita que nunca senti por mulher nenhuma o que sinto por ti, meu amor.

Cena III

Os mesmos e Virgílio

Virgílio
(*no fundo, tendo ouvido a última frase*)
Não! Não! Não! Tenham paciência! Não é isso! (*indo diretamente a Luísa*) Tu, filha, deves estar aqui assentada, perfeitamente assentada. E você lá deve estar assim, perfeitamente ajoelhado!

(*ajoelha-se aos pés de Luísa*) Isto é o que diz a rubrica! (*levanta-se enquanto Flávio toma o lugar que ele deixou*) E onde foi você buscar esse "O que sinto por ti, meu amor"? Não escrevi semelhante coisa! Leia com atenção a sua parte e há de encontrar lá "Deixa-me, amor, dizer-te o quanto eu sinto!". Foi isto o que eu escrevi!

Flávio
Vem a dar na mesma!

Virgílio
Não, filho, tem paciência! Isto é verso, que diabo! Oh! É preciso respeitar a metrificação, ou, quando menos, a rima! (*recitando e acentuando as sílabas*)

"Jamais, ó minha Laura, eu nunca minto
Deixa-me, amor, dizer-te o quanto eu sinto"

Já vês?

Flávio
É! Rimou!

Virgílio
Não! Vocês não procuram identificar-se com o papel! É preciso estudar, que diabo! É preciso estudar, estudar com afinco! Ah! meus amiguinhos, convençam-se de que isto de teatro, é coisa muito séria!

LUÍSA
Bem sei, mas também não me explicam nada! Eu ainda não sei o que é!

VIRGÍLIO
Que é que, o quê?!

LUÍSA
Este negócio de Laura com Petarca. (*movimento de reprovação em Virgílio*) Quer dizer Pretarca!

VIRGÍLIO
Valha-me Deus! Em primeiro lugar: não é Petarca, nem Pretarca e muito menos Pertrarca, mas pura e simplesmente Pertarca. (*emendando-se*) Pertra... Ora esta! não é isto também. Afinal, tu com tanto Pertarca, Pretrarca e Pretarca embrulharam-me (*sic*) o juízo. Eu já não sei o que digo! (*fica pensativo*) Pertar... não! Pretar... pior! Laura e... Pret... Ora! Pelo nome não se perca! A questão é o enredo e o enredo é o seguinte: quando, não me lembro bem se Godofredo de Bulhões ou se Roberto II, duque da Normandia, um deles, partiu para as Cruzadas de Pedro, o Eremita, levou consigo para a guerra todos os homens válidos de seu país; ora, as mulheres destes cavalheiros, coitadinhas, ficaram totalmente abandonadas; uma delas, chamada Laura, enamorou-se de um belo e jovem

pajem que lhe fazia versos e lhe cantava o seu amor junto de uma célebre fonte. Pois bem, essa linda Laura, és tu! E esse jovem pajem enamorado é ali o Flávio!

FLÁVIO
Petrarca?

VIRGÍLIO
Sim senhor! Pe-trar-ca! (*fica repetindo a palavra em voz baixa*)

LUÍSA
E depois o que houve?

VIRGÍLIO
Ora depois, depois não houve mais nada! Que diabo podia mais haver? O que vocês dois estão estudando é precisamente o diálogo desses dois namorados na fonte! (*ouve-se a voz de Quitéria, que grita lá de dentro:* "Então! Então! O serviço vai ou não vai para diante?") Minha mulher! Ó diabo! (*a Luísa*) Musca-te! (*Luísa sai correndo pelo fundo. A Flávio*) Falemos de cigarros! (*em voz alta, disfarçando*) Aquela encomenda dos vinte milheiros de Rio Branco para Soares Ferreira já está aviada?

FLÁVIO
Está-se aviando, sim senhor!

Cena IV

Flávio, Virgílio e Quitéria

Quitéria
(*entrando zangada da direita*)
Oh! Isto não pode continuar assim! Isto não parece uma fábrica de cigarros, parece uma caixa de teatro! Trata-se de tudo menos de fumo!

Virgílio
(*indo ao encontro de Quitéria*)
Então, então, filhinha, que é isso!

Quitéria
Ora deixe-me, homem! Pois você não vê como vai isto?! Nunca se viu semelhante pasmaceira! Tem lá jeito!

Virgílio
(*afetadamente*)
Tens razão! Tens toda a razão! Eu também estou fumando!

Quitéria
Qual, fumando o quê! Você mesmo é quem deita esta gente a perder com a sua mania de teatro! Nem parece o chefe e proprietário de um estabelecimento desta ordem! Não estivesse eu à frente do serviço e tomando à minha conta a

direção da fábrica, e haveríamos de ver! Já tudo isto tinha ido por água abaixo!

Virgílio

Tens razão, mas também não deves te mortificar desse modo!

Quitéria

Como não me hei de mortificar, se você, em vez de cuidar de coisas sérias, só cuida em fazer dramas. Isto tem jeito? Um homem na sua idade a fazer versos! Nem sei que me parece!

Virgílio
(*à parte*)
Deus lhe perdoe!

Quitéria

Já disse e repito um milhão de vezes que vocês têm por si todo o domingo para cuidar da tal tolice de teatro, mas durante a semana não quero ouvir aqui falar em verso!

Virgílio

Ora, filha, aqui ninguém fala em verso, seja domingo ou dia santo! Todos aqui falam em prosa!

Quitéria

Não me venha você agora fazer pilhérias, seu Virgílio, deixe isso para o domingo, já lhe disse!

(*outro tom*) Também, verdade, verdade, a culpa não é sua, mas sim de quem lhe meteu na cabeça semelhante loucura de teatro! Eu só queria que me dissessem por que razão pensa você em fazer dramas.

Virgílio
(*com ar superior*)
Não ofendas a Deus!

Quitéria
Sim, queria saber por quê!

Virgílio
Ora, por quê, por tudo, filha, tudo me obriga a fazer versos: o meu temperamento, o meio em que tenho visto deslizarem os melhores anos da minha vida, os meus recursos pecuniários e, quando mais nada fosse, bastaria o nome com que a natureza me dotou; achas então que um homem poderia chamar-se, além de Virgílio, Gonçalves Dias, sem sentir o fogo sagrado da inspiração que só se pode traduzir nessa divina linguagem dos poetas?!

Quitéria
Olhem só para este fraseado e digam se é ou não o que eu digo?... (*sacudindo a cabeça*) Este mesmo já não toma caminho! (*outro tom*) Sim senhor, meu caro Sr. Gonçalves Dias em se-

gunda edição tem toda a razão, mas queira dar-se ao incômodo de ir até as prensas do mangueiral saber se estão embarricados e prontos a seguir para Pernambuco os dez milheiros de Soares Ferreira! Vá! Vá!

Virgílio
Vamos lá ver isto! (*sai recitando*)

"Mas eu, qual viajor vago perdido,
Pela face da terra
Amigo lume não..."
(*perde-se a voz no fundo*)

Quitéria
(*correndo até ao fundo e gritando para ser ouvida por Virgílio*)
Olha, que não se esqueçam de marcar as barricas! (*observando a mesa de Caboclo e dirigindo-se a Flávio*)

Cena V

Quitéria *e* Flávio

Quitéria
E o Caboclo onde está, que não o vejo aqui à sua mesa? Aquele rapaz é os meus pecados! Desde pequeno que me dá um trabalho enor-

me! Já não disse que o não quero na oficina, porque ele quando lá se pilha, nem só não trabalha, como não deixa trabalharem os mais?!

FLÁVIO
Ele não está na oficina, não senhora; foi recolher o fumo que a Luísa tinha estendido ao sol.

QUITÉRIA
Não sei pra quê! Ele tem lá o seu serviço e não deve se estar metendo a fazer o serviço da outra! E ela, então que é aquela mesma! Está sempre morrendo por não fazer nada! (*ao Flávio diretamente*) E você? que faz aqui há meia hora de braços cruzados?

FLÁVIO
Eu não estou fazendo nada.

QUITÉRIA
Pois seria melhor que estivesse fazendo alguma coisa! Lá dentro precisa-se de quem trabalhe! Vá! Vá! (*Flávio sai pelo fundo*) Apre! Que gente! Só mesmo a minha paciência!

Cena VI

QUITÉRIA *e* CABOCLO

Caboclo

(*sobraçando dois grandes maços de fumo em folha*)

Irra! Se os charutos cá da fábrica ardessem como eu estou ardendo, os fregueses não lhes chamariam quebra-queixos!

Quitéria

Já por mais de uma vez lhe tenho dito que o seu trabalho é aqui, nesta mesa! Você não tem que fazer lá fora! Você abusa da circunstância de ser cria e afilhado de meu marido, mas é preciso que se convença por uma vez de que você aqui é tão bom empregado como os outros! Deve trabalhar como os mais, porque como os mais recebe o seu ordenado!

Caboclo

Eu não estava vadiando!

Quitéria

Mas estava a fazer o serviço que não é o seu!

Caboclo

Pois eu então podia lá consentir que a pobre da minha Luísa fosse até ao mangueiral com uma soalheira destas?... Ela, coitada! que é tão sujeita a dores de cabeça!

QUITÉRIA

E por que não? Creio que Luísa não é mais delicada do que eu, e eu todos os dias vou quatro e oito vezes ao mangueiral! Você mesmo é quem me deita aquela rapariga a perder com tanto mimo!

CABOCLO

Ora, nhanhã, não diga isso! A Luísa desde pequenina que sempre foi tratada aqui como um santo Antoninho onde te porei!

QUITÉRIA

Menos por mim, que não sou de pieguices! Não é minha culpa que meu marido tenha o gênio que tem! Em todo o caso o que não convém absolutamente é que você esteja em comunicação com os outros operários, porque onde está você, está a arte dramática, e não é com a arte dramática que se ganha a vida! Para isso basta já meu marido! Vá! Vá! (*o Caboclo vai assentar-se à sua mesinha e começa a fazer cigarros cantarolando. Quitéria assenta-se do lado oposto, descansando. Fala consigo mesma*) E é sempre assim! Se eu não contrariasse um pouco meu marido na sua mania de teatro, ele com certeza já não pensaria mais nisso e entregar-se-ia a outra muito pior!

Cena VII

Os mesmos, Domingos *e* Gomes

(*Quitéria levanta-se logo com a chegada dos novos personagens e oferece-lhes cadeiras.*)

Domingos
O Sr. Virgílio Gonçalves Dias?

Quitéria
Vem já. Tenham a bondade de assentar-se... Se os senhores vêm tratar de negócios, podem falar à vontade, porque estou habilitada para lhes responder.

Domingos
Perdoe, minha senhora, não é precisamente de negócios concernentes ao seu estabelecimento o que aqui nos traz, vimos tratar de um assunto mais delicado e mais nobre, vimos tratar do teatro, do teatro nacional.

(*Caboclo deixa de trabalhar para prestar atenção.*)

Quitéria
Ah! Teatro – isso não é comigo, é especialidade de meu marido. Vou chamá-lo. (*à parte saindo*) Estão bem aviados!

Cena VIII

Os mesmos, menos QUITÉRIA

CABOCLO
(*levantando-se e indo ter com Domingos*)
Queira desculpar, meu caro senhor, mas, se me não engano, V. Sª é o empresário, que esperávamos, o senhor Domingos Alves.

DOMINGOS
Em carne e osso; sou o empresário do futuro teatro nacional, e aqui o senhor (*mostra Gomes*) é o meu secretário.

GOMES
(*que acaba de acender um cigarro que apanhou de sobre a mesa, volta-se e faz um cumprimento de exagerada cortesia*)
Gomes de Albuquerque. (*Caboclo retribui o cumprimento*)

DOMINGOS
Não me supunha tão conhecido por aqui...

CABOCLO
Muito mais de que pode imaginar...

GOMES
(*à parte*)
Duvido!

Domingos
(*a Caboclo*)

E o senhor é parente ou sócio do Sr. Gonçalves Dias?

Caboclo

Sou afilhado do patrão e o primeiro galã da fábrica.

Domingos

Ah!

Gomes

Galã? Mas é mesmo galã?

Caboclo

Tudo o que há de mais galã! Sou eu quem se encarrega de representar todos os galãs dos dramas feitos por meu padrinho.

Domingos
(*à parte*)

Façamos falar este galã. (*alto*) Com que o senhor é o braço direito do nosso segundo Gonçalves Dias!

Caboclo

Com o que muito me honro. E minha mulher, fora do serviço da fábrica, é a nossa primeira-dama.

Domingos
Então, pelo que vejo, há aqui uma companhia dramática já organizada?...

Caboclo
Ora! Somos oito galãs...

Domingos
E quantas damas?

Caboclo
Uma, minha mulher.

Gomes
(*meio à parte*)
Acho pouca dama para tanta gente!

Domingos
E os senhores encontram peças para semelhante pessoal?

Caboclo
Ah! Isso é lá com o patrão, é ele quem as arranja.

Gomes
Sim?

Caboclo
Agora mesmo, temos em estudo três ricos dramas, em cinco atos cada um.

GOMES
Três vezes cinco, quinze! Quinze atos!

DOMINGOS
E originais todos?

CABOCLO
Tudo o que há de mais original! Um é tirado de uma peça grega; outro é de "Petrarqua", e o outro é o *Otelo*.

DOMINGOS
De Shakespeare?

CABOCLO
É, uma coisa assim, pouco mais ou menos.

GOMES
E o Sr. Gonçalves Dias escreveu o *Otelo*?

CABOCLO
Se escreveu? Todinho! Desde o primeiro ato até ao último!

DOMINGOS
Mas o mesmo *Otelo*?

CABOCLO
Ora essa! O que há de mais *Otelo*. Não lhe falta uma vírgula!

DOMINGOS

Ah, bravo! Já vejo então que o senhor seu padrinho é homem instruído! Pelo menos, há de conhecer profundamente a literatura inglesa, e os clássicos gregos, e os italianos!...

CABOCLO

Ora, se assim fosse que admiração! mas o melhor é que ele só sabe um bocadinho de francês e outro bocadinho de português, mais nada!

DOMINGOS

Magnífico! Agora acredito que os dramas de seu padrinho devem ser muito originais! Mas muito!

CABOCLO

O que há de mais original!

GOMES

Sim, o que não impede que ele já esteja se demorando por demais.

CABOCLO

Não façam caso; eu sei por que é! É que hoje é sábado e minha madrinha, a patroa, esta que saiu agora daqui, não quer ouvir falar em teatro senão aos domingos. Ela é muito capaz de não ter dito nada ao patrão. Eu vou chamá-lo. (*sai pelo fundo*)

Cena IX

Domingos e Gomes

Gomes
Então? Que tal?

Domingos
Por ora, não posso dizer nada!

Gomes
Vai ver que não te enganei! Isto é uma mina. E não preciso te lembrar quais são as nossas condições, hein?

Domingos
Oh! já sei! Metade para cada um! A questão depende só da minha diplomacia!

Gomes
C'est ton affaire!

Domingos
Descansa, que não me faltará talento para isso!

Cena X

Os mesmos, Caboclo *e* Virgílio

Virgílio
(*entrando do fundo apressado e cheio de interesse*)
Oh! meus senhores, desculpem-me, por quem são, de havê-los feito esperar por mim. (*o Caboclo vai para a sua mesa*)

Domingos
(*apertando-lhe a mão*)
Ora essa!

Virgílio
É que não me preveniram logo da vossa chegada...

Gomes
Essa é boa!

Domingos
Apressamo-nos a vir procurá-lo como...

Virgílio
Já vejo que o Rego chegou a falar-lhes; foi ele quem me disse que V. S.ᵃˢ haviam de vir aqui. Creiam que semelhante visita me penhora em extremo.

Domingos
Obrigadíssimo. Permita que lhe apresente o meu amigo, o Sr. Gomes de Albuquerque, inte-

ressado na empresa que aqui me traz. (*Virgílio e Gomes cumprimentam-se cerimoniosamente*) Desde que me constou que V. Sª, como o seu imortal homônimo e colega de letras, tem a preocupação da arte e cultiva o teatro, dei-me pressa em cumprir o meu dever de empresário consciencioso, vindo ter ao encontro de V. Sª.

Virgílio
Estou inteiramente ao vosso dispor. (*faz assentá-los e assenta-se defronte deles*) Podem falar com toda a franqueza e desembaraço, porque, meus caros senhores, desde que a questão é de teatro, eu de antemão vos responderei como Calonne a Maria Antonieta: "Se for possível, está feito, e, se não for possível, há de se fazer!".

Domingos
Serei breve: como o senhor não ignora, este belo país, tão magnificamente representado pelos seus produtos agrícolas e industriais, todavia no mundo das letras não o foi ainda na relação da grandeza de território...

Virgílio
Apoiado!

Domingos
Entendo que as produções intelectuais do Brasil deviam estar na mesma proporção das

outras, para ocuparem no grande certame da inteligência humana o honroso lugar que de direito lhes compete...

Virgílio
Lógico, perfeitamente lógico!

Domingos
E será isto, porque não há entre nós talentos verdadeiramente robustos e originais? Não! A causa é outra! o que nos falta é um campo, um vasto campo, onde tais talentos se possam desenvolver e produzir os seus melhores e mais saborosos frutos. Pois bem! Esse vasto campo, só pode, só deve ser o teatro nacional!

Virgílio
É justamente a minha opinião!

Caboclo
(*dando uma punhada na mesa e lançando por terra os cigarros*)
Apoiado!

Virgílio
Pchit!

Domingos
É força confessar que as nossas melhores concepções teatrais não aparecem e não bri-

lham por falta de um campo, onde sejam aclamadas...

Virgílio
Oh! não há dúvida que nós, os escritores originais do Brasil, precisamos que as nossas obras sejam aclamadas no campo... no campo...

Gomes
Da aclamação...

Virgílio
Não! da arte!

Domingos
Aclamação da arte... Muito bem! Pois tenho uma idéia, que pode perfeitamente realizar tão nobre *desideratum*! V. Sª conhece aquela anedota das batatas de Parmentier?

Os outros três (*ao mesmo tempo*)
Das batatas?

Domingos
É verdade, das batatas! Parmentier, como sem dúvida todos os senhores já sabem, foi o introdutor da batata em França! Ele, porém, que as oferecia de graça ao povo, só conseguiu que as suas batatas fossem consumidas pelos franceses, no dia em que obteve do monarca autoriza-

ção para plantá-las em um sítio público, mas guardadas à vista por um sentinela, e defendidas por um grande cartaz onde se lia: "Estas batatas são todas reservadas para El rei!". Pois sabem V. S.ᵃˢ o que aconteceu? Desde esse momento a batata, passando a ser um fruto proibido, foi por conseguinte desejado e...

Virgílio
Começaram a comprá-las?

Domingos
Melhor que isso! Roubaram-nas! (*levanta-se*)

Virgílio
E foi por isso que V. S.ª pensou na criação do teatro nacional?

Domingos
Precisamente. O teatro nacional, desde o momento em que tiver as honras de fruto proibido, será desejado tão ardentemente como foram as batatas de Parmentier.

Virgílio
Mas como consegui-lo?

Domingos
Eis aí a grande questão! Para consegui-lo, lembrei-me de criar uma empresa, garantida

por um limitado número de ações de valor de cem mil-réis cada uma, comprometendo-me eu ainda, a montar as peças dos meus acionistas. Assim pois, mediante a insignificância de cem mil-réis, terá quem quiser, nem só teatro por um ano, como ainda a glória de ver as suas peças representadas por uma companhia de primeira ordem e, o que é melhor, seu nome entre os dos fundadores do teatro nacional.

CABOCLO
Muito boa idéia! Compro uma ação!

VIRGÍLIO
(*a Caboclo*)
Pchit! (*a Domingos*) Pela minha parte, se o senhor me assegura que as minhas peças serão todas representadas, desde já subscrevo dez ações...

GOMES
(*à parte*)
Um continho de réis! (*alto*) Estão representadas!

DOMINGOS
Perdão, Sr. Gomes, isto não vai assim! Antes de mais nada é preciso conhecer as peças...

VIRGÍLIO

Nada mais justo, e para dar o exemplo, aproveito logo a ocasião de ler-lhes meu último drama.

DOMINGOS

Está dito.

GOMES
(*à parte*)

Maçada.

VIRGÍLIO
(*levantando-se*)

Porque não sei se sabem, os senhores hoje não me saem daqui. Amanhã é domingo, faço representar no meu teatro a primeira do meu *Otelo* e exijo a presença de ambos. (*indo ter com o Caboclo*) Vai a meu gabinete e traze-me o maço de meus dramas. Manda vir cerveja e copos. (*Caboclo sai. Aos outros dois indicando a porta por onde saiu o Caboclo*) Também tem muito gosto pelo teatro... É um caboclo que recolhi em pequeno! Bom rapaz, honesto, trabalhador e valente com as armas! Não entra neste drama que lhes vou ler!

DOMINGOS

O grego?

Virgílio
Sim, mas entra no *Otelo*. Ah! o *Otelo*! Os senhores vão ver amanhã o que é o meu *Otelo*!

Domingos
Mas o seu *Otelo* tem alguma coisa com o do Shakespeare?

Virgílio
Ah! Foi tirado de uma tradução francesa.

Domingos
É original!

Virgílio
É, pois entendo que com o mesmo *sans-façon* que certos autores vão buscar os seus assuntos na vida real, posso eu ir buscá-los num livro, seja lá de quem for! Creio que não deixo de ser menos original por isso?

Domingos
Ao contrário! Nada mais original! E este drama grego, que vamos ouvir, é também concebido pelo mesmo processo?

Virgílio
Todos!

CABOCLO
(*voltando carregado com um grande maço de manuscritos, duas garrafas de cerveja e três copos, que depõe tudo sobre a mesa*)
Pronto!

VIRGÍLIO
(*abrindo um dos cadernos, enquanto Caboclo serve a cerveja, fica sentado de frente para o público entre Gomes e Domingos*)
Então! Vamos lá com isto! Eis o título... (*é interrompido por Manoel*)

MANOEL
(*que entrou com duas amostras de fumo desfiado, uma em cada mão, vai dá-las a cheirar a Virgílio*)
Qual destes deve-se mandar para a Casa Havanesa?

VIRGÍLIO
(*dá-lhe um empurrão que atira ao chão uma das amostras*)
Não me fales agora nisto, animal! (*ao Caboclo*) Despacha-o tu!

CABOCLO
(*dando em Manoel um empurrão que lança fora a outra amostra*)
Não interrompas, bruto! (*Manoel sai e ele fica prestando toda a atenção à leitura*)

Virgílio

(*muito preocupado com a sua leitura*)

... "Demócrito e Stratonícia ou o médico de sua honra"! (*faz pausa, observa o efeito de suas palavras sobre os circunstantes; os outros três meneiam a cabeça aprovativamente*) Ato 1º – o teatro representa uma noite escura, onde se vê o dormitório da princesa Stratonícia; ao fundo uma porta grega e... (*Domingos espreguiça-se, Gomes boceja*)

Cena XI

Os mesmos e João *entrando pelo fundo*

João
A patroa manda dizer que uma das barricas do Soares Ferreira está toda arrombada!...

Virgílio
(*levantando-se furioso*)
Ora isto não se atura! Já vejo que não se pode ser autor dramático e fabricante de cigarros ao mesmo tempo!

Gomes
(*baixo a Domingos*)
Vamos ver se pega. (*alto*) É melhor guardar a leitura para outra ocasião.

Virgílio

Nada não senhor, há de ser já! Sinto-me inspirado! Queiram subir comigo para o meu gabinete. (*sai pela E.B.*)

Domingos
(*baixo a Gomes*)
Não pegou. (*sai acompanhando a Virgílio*)

Gomes
(*acompanhando*)
Seja tudo em desconto do teatro nacional.

Caboclo
(*muito desconsolado*)
E eu fiquei com água na boca!

João
(*fazendo-lhe troça*)
Hã! o primeiro galã dramático ficou com cara de tolo!

Caboclo
(*correndo atrás dele*)
Oh! patife! espera que eu te ensino.

(*Cai o pano.*)

ATO SEGUNDO

(*Oficina de uma fábrica de cigarros; uma porta ao fundo e uma outra de cada lado, cujos intervalos são ocupados por longas mesas corridas em forma de prateleira. Nestas mesas há de distância em distância um pequeno monte de fumo desfiado e um maço de mortalhas de cigarros; correspondendo a esses montes de fumo há de espaço a espaço um banquinho ao lado da mesa. Ao fundo no ângulo direito da sala há uma máquina de desfiar fumo. É dia.*)

Cena I

(*Ao levantar de pano, os empregados da fábrica estão todos, cada um no seu banquinho, trabalhando no fabrico de cigarros.* FLÁVIO *deve ocupar o*

primeiro banco da esquerda, MANOEL
o segundo, HENRIQUE *o primeiro da
direita,* JOÃO *o segundo. Ouve-se o
rumor próprio das oficinas, uns
cantarolam e outros declamam à meia
voz partes de teatro.)*

FLÁVIO, HENRIQUE, MANOEL, JOÃO *e os
empregados da fábrica*

FLÁVIO
(*largando o serviço e espreguiçando-se*)
Ó senhores, ou o almoço se demora ou o meu estômago se adianta. (*a Henrique*) Ainda não serão dez horas?

HENRIQUE
Já, para todo o mundo, para nós falta um quarto!

MANOEL
Um quarto em benefício da casa...

HENRIQUE
Uma brincadeira! Todos os dias um quarto de hora antes do almoço, outro quarto antes do jantar, representam meia hora por dia; ora, nós somos trinta; logo a patroa nos "come", em ar de graça, nada menos do que... (*calcula*)

FLÁVIO
Quinze horas por dia! Diária e meia!

MANOEL
É um ganchinho de mais de três mil-réis por dia!

HENRIQUE
Um conto de réis por ano! – a tal brincadeira do quarto de hora!

FLÁVIO
Meu amigo, é assim que esta gente se torna milionária...

JOÃO
Com o quarto de hora de hoje, ela não lucrará muito!

FLÁVIO
Cala a boca, pequeno. (*assenta-se*)

Cena II

Os mesmos, LUÍSA *e depois* CABOCLO

(LUÍSA *entra do fundo, atravessa a cena e vai tocar a sineta que deve estar dentro da porta esquerda.*)

####### Henrique
Ora! até que afinal!

####### Manoel
Olha esse almoço que saiu!

####### Flávio
Se alguém dos senhores quer ficar trabalhando, pode ficar à vontade...

####### Henrique
Obrigado pela parte que me toca! (*levantam-se todos e saem alegremente a conversar à meia voz. Luísa volta da porta da esquerda e vai a sair pelo fundo, quando é detida pelo Caboclo*)

####### Caboclo
(*do fundo, a correr, traz uma trouxa debaixo do braço*)
Espera, espera um pouco, Luisinha!

####### Luísa
Que queres tu?

####### Caboclo
Olha! Enquanto vão comer, vê lá isto! (*tira da trouxa uma capa à Otelo que põe nos ombros. Sentindo-se entusiasmar com a capa, declama e toma atitude trágica*)

"Mas por que não há de o louco,
Cinqüenta mil vidas ter?
Uma só é muito pouco!..."

Luísa
(*interrompendo-o*)
Ora, foi para isto?

Caboclo
Não! Foi para mostrar-te isto. Não vês? Esta capa está mais comprida de um lado que do outro. (*inclina-se para um dos lados*)

Luísa
Pudera! se estás todo vergado para a esquerda! Endireita o corpo e verás que ela não cairá mais para um lado do que para o outro.

Caboclo
(*endireitando-se*)
Olha! Estou bem teso! Mas assim não posso ver se ela arrasta!

Luísa
Queres a prova de que a capa está direita, verga-te para qualquer um dos lados e verás que ela arrasta sempre do lado que te vergares. (*Caboclo verga-se para o lado contrário a que ele se vergou a primeira vez*) Vês?

Caboclo
É exato.

Luísa
E é só por causa disto que já não estás almoçando com os outros? Olha, que daqui a pouco toca de novo a sineta para entrar o trabalho.

Caboclo
Bem me importa a mim o almoço, quando se trata de coisas sérias! (*tira da trouxa uma faixa*) Vem cá, filhinha, eu te recomendei tanto que me arranjasses uma faixa, para amarrar de lado, lembra-te bem, como a banda dos oficiais. E tu me trazes um cinto, um verdadeiro cinto de mulher, com o laço já armado! Otelo nunca usou isto!

Luísa
Ó filho! Eu se fiz assim, foi porque assim me pareceu melhor! Pois se tem de dar o laço, não precisa – o laço está dado!

Caboclo
(*imitando Virgílio*)
Não, filha, tem paciência! É preciso seguir a rubrica...

Luísa
Já estás tu a imitar teu padrinho! Que cisma!

CABOCLO
Imitar, não! Quero que as coisas ou se façam bem-feitas ou então não se façam! Isto assim não serve!

LUÍSA
Ah! não serve? Pois então procura quem as saiba fazer melhor! Tola sou eu em aturar as exigências de um homem que afinal nem sabe ao certo o que deseja.

CABOCLO
Desejo em primeiro lugar que deixes por uma vez esses modos! Isso não é bonito! Acho que tenho o direito de ser bem tratado ao menos por ti, que és minha mulher!

LUÍSA
Ora já se viu? Não sei que tratamento quer que lhe dê! Talvez excelência, quem sabe?

CABOCLO
Não, não quero que me dês excelência, quero que me trates com mais agrado...

LUÍSA
Ora! Eu te faço todo o agrado que posso! (*outro tom*) E queres que te diga? Se eu imaginasse que estarias a todo o instante implicando comigo deste modo, afianço-te que não me teria casado! Por tal preço não vale a pena!...

Caboclo

Ora essa! De sorte que, ainda por cima, és tu quem se queixa; tem graça! Confesso-te que isto é para fazer um homem ficar furioso!

Luísa

Pois que fique!

Caboclo

Ora vejam se isto é resposta de uma mulher que estima seu marido?... Às vezes até quero crer que tu nunca sentiste por mim a menor afeição!...

Luísa

Ora, deixe-me!

Caboclo
(*zangado*)

Deixe-me, não! não admito que me trates desse modo!

Cena III

Os mesmos e Quitéria

Quitéria
(*da direita*)

Que faz você aí, que não está almoçando com os outros? (*notando a zanga do Caboclo com Luísa*) É isto, não podem estar juntos, que não seja para brigar!

LUÍSA e CABOCLO
(*ao mesmo tempo*)
LUÍSA – Pois se ele leva a implicar comigo...
CABOCLO – A culpa é dela que não perde ocasião!

QUITÉRIA
(*atalhando*)
Com a breca! Se querem ser ouvidos, fale cada um por sua vez! (*pausa prolongada*)

LUÍSA e CABOCLO
(*ao mesmo tempo*)
LUÍSA – É que, a todo momento ele está me apoquentando! Um homem que não sabe o que quer! Tão depressa está para o Sul como para o Norte!
CABOCLO – Se eu não posso ter um desejo que ela não trate logo de contrariá-lo? É o espírito de contrariedade em pessoa!

(*Calam-se ambos ao mesmo tempo. Nova pausa.*)

QUITÉRIA
Vamos! Podem continuar!

CABOCLO
(*a Luísa*)
Anda, fala tu, já que tens tanta gana de falar!

LUÍSA
É! Tu é que estás mesmo morrendo por ficar calado!

CABOCLO
A prova é que não falo!

LUÍSA
Nem eu!

QUITÉRIA
Culpa é minha em aturá-los, casal de galhetas!

LUÍSA
Pois este homem, veja madrinha, pede-me que lhe arranje um cinto azul...

CABOCLO
(*interrompendo*)
Não foi um cinto, foi uma faixa!

LUÍSA
Pois é o mesmo! Uma faixa...

CABOCLO
O mesmo, não! Um cinto é um cinto e uma faixa é uma faixa! Eu pedi tudo o que há de mais faixa, e tu fizeste tudo que há de mais cinto!

LUÍSA
Tu é que és tudo o que há de mais cabeçudo!

CABOCLO
(*a Quitéria*)
Viu? Pois aí tem! (*a Luísa*) Tens toda a razão Sra. D. Luísa mas vou-me embora, que é o mais prudente. (*sai pelo fundo*)

Cena IV

QUITÉRIA e LUÍSA

QUITÉRIA
Anda cá, Luísa, preciso observar-te com toda a seriedade uma coisa.

LUÍSA
(*sobressaltando-se*)
A mim, minha madrinha?

QUITÉRIA
Sim, para que hás de estar sempre com teu marido que nem um cão com o gato?

LUÍSA
A culpa é dele!

QUITÉRIA
Não senhora: o marido nunca é o culpado do que pratica, porque no fim de contas os homens só fazem aquilo que nós mulheres entendemos!

LUÍSA
Ora! meu marido faz o que bem quer!...

QUITÉRIA
É o que supões.

LUÍSA
E muito pior faria, se eu não me mostrasse um pouco tesa de vez em quando!

QUITÉRIA
Sim, sim, bem sei que, ainda que um casal se ame em extremo, a mulher não deve patentear todo o seu amor, porque o homem logo abusa nesse caso, mas tu também exageras, cais no extremo contrário!

LUÍSA
Eu?

QUITÉRIA
Sim! Não é bom que estejas sempre em discórdia com teu marido! Todo caboclo é desconfiado e perigoso, com aquele deves ter muito mais cuidado do que terias com outro qualquer marido.

LUÍSA
Mas então que devo eu fazer?

QUITÉRIA

Segue o meu exemplo, minha filha, pensarás que tenho muito gosto em ver que meu marido cuida muito mais do teatro do que das suas obrigações? Mas que queres? Não convém contrariá-lo formalmente! Por que não hás de fazer o mesmo com referência ao Caboclo? Queres que te diga? Hoje agradeço aos céus esta mania de Virgílio, porque ao menos tenho a certeza de que enquanto está entretido com os seus dramas, não pensa em coisa pior, não pensa no jogo, nas mulheres e no vinho!

LUÍSA

A mim, tanto me importaria que meu marido desse para essas coisas, como se não desse! Não lucrava, nem perdia com isso porque para viver sem que ele pense em mim, tanto faz que viva preocupado pelo teatro, como por outra qualquer coisa!

QUITÉRIA

Pois minha filha, fica sabendo que os homens só vivem pensando exclusivamente na esposa durante a lua-de-mel, depois disso, para continuarem a ser o que se chama um bom marido, precisam ter qualquer outra preocupação que os absorva. A mulher não basta!

LUÍSA
Deviam ter me dito isto antes do casamento.

Quitéria
Fica então sabendo que seria muito difícil encontrares marido melhor do que aquele! Se te casamos com o Caboclo, foi porque o Caboclo é um bom rapaz, honesto, trabalhador e teu amigo. Além disso tem futuro, porque meu marido o estima como a um filho e tenciona associá-lo a seus interesses e entregar-lhe a casa quando se retirar do trabalho.

Luísa
Não sei que mais queiram de mim!

Quitéria
Quero que trates teu marido, pelo menos como tratas aos outros! Quando queres agradar não te faltam maneiras!

Luísa
Eu trato a todos do mesmo modo!

Quitéria
Nem sempre! nem com todos és tão seca de gênio!

Luísa
Minha madrinha se refere ao Flávio? Eu com o Flávio não tenho nada! Apenas como estou ensaiando com ele...

QUITÉRIA

E que tem o Flávio a ver com a nossa conversa?

LUÍSA

(*caindo em si*)

Nada, está claro!

QUITÉRIA

Hum, hum!...

LUÍSA

Que poderia ser? Falei nele, como falaria noutro qualquer...

QUITÉRIA

(*à parte*)

Ora esta? (*alto a Luísa com autoridade*) Bem, bem, vá! Toca a sineta que é hora! Vá! Vá! (*Luísa sai pela esquerda*) Ora queira Deus que as minhas desconfianças não sejam fundadas!... Pelo sim, pelo não, o tal Flávio, acabando a sua quinzena vai para o olho da rua! Mais vale prevenir que lamentar! (*ouve-se tocar a sineta à esquerda prolongadamente, enquanto entram em cena os operários com todo o vagar. Cada um vai tomando o seu respectivo lugar*)

Cena V

Os mesmos e os empregados

Quitéria

Mexam-se! Mexam-se, vá! Vocês são tão prontos para largar o serviço, como são moles na ocasião de voltar a ele! Temos muito que aviar! Vamos! Vamos! Hoje é sábado! não há tempo para conversas! Nada de prosa! Aquele que se distrair ou procurar distrair aos outros, não me fica aqui nem mais um dia! (*dirigindo-se a Joãozinho*) E tu, João, que deves ter mais juízo do que os grandes, ficas encarregado de vigiá-los e dizer-me depois qual foi o que vadiou! (*a Luísa, que tem entrado da esquerda*) Tu, vem comigo; preciso arranjar-me para ir à cidade, antes de fazer as férias. (*sai e mais Luísa pela D.*)

Cena VI

Os mesmos menos Luísa *e* Quitéria

Flávio
(*levantando-se e indo ter com João*)
Ó Sr. Joãozinho, que tem muito mais juízo do que nós e não tem os nossos maus costumes, faça o favor de ficar de espreita ali na porta e prevenir-nos de quando venha alguém, compreende V. Ex.ª?

JOÃO

Ora! Já outro dia o Henrique deu-me um pontapé, porque eu não o avisei a tempo...

FLÁVIO

Bem, meu rapaz, para que não te suceda o mesmo hoje! leva já por conta este adiantamento! (*dá-lhe um leve pontapé*)

JOÃO
(*desviando-se*)
Ui! (*sai pela direita*)

FLÁVIO
(*tirando um manuscrito de dentro da camisa*)
Vocês hão de ver como faço esta cena amorosa com a Luísa! Nem João Caetano[2] a faria melhor...

HENRIQUE
(*maliciosamente*)
Grande novidade! Até eu, por ser mais tolo, nas tuas circunstâncias havia de fazer muito boas cenas amorosas com a Luísa!

FLÁVIO
(*desvanecidamente*)
Intrigas!

---

2. João Caetano (1808-1863) foi o maior ator romântico brasileiro.

Manoel
Felizardo!...

Flávio
(*sorrindo enfatuadamente*)
Não compreendo!...

Manoel
Anda lá, meu finório!...

Flávio
Que más línguas são vocês!... Juro que entre eu e a pobre rapariga ainda não se deu nada de novo!...

Henrique
Também ninguém diz que é novo o que se tenha dado...

Manoel
É até coisa muito velha!...

Flávio
Ora, deixem-me, homens! (*vai assentar-se ao seu banco e coloca o manuscrito aberto defronte dos olhos. Recita*)

"Jamais, ó minha Laura, eu nunca minto.
Deixa-me, amor, dizer-te o quanto eu sinto,
Quando junto a esta fonte, em ti cismando,
Vai minha alma a teus pés morrer, chorando."

HENRIQUE
*(que tem tirado como os outros um
manuscrito da camisa)*

"Oh! És tu de minha esposa
O amante, traidor!
Seu coração bate agora
Com mais febre, mais ardor!"

(repete a estrofe decorando)

FLÁVIO
*(indo ajoelhar-se por detrás de Henrique.
Recita meio de cor)*

"Permiti, Laura formosa,
Dona do meu pensamento,
Que eu descante inda uma vez
Na minha lira queixosa
A história do meu tormento
Que já mui bem conheceis.

Desde a tristíssima hora
Em que dos meus vossos olhos
Se apartaram tão cruéis;
Desde então, gentil senhora,
Minha alma traz por antolhos
Ciúmes de mil donzéis.

A mim volvei-os de novo
Se não quereis ver-me presa

Da mais profunda aflição!
E se, a amar-me não vos movo
Possa esta minha tristeza
Mover-vos à compaixão.

Tornai a mim, bela estrela,
Esses olhos tão formosos..."

Manoel
"Iago! Teme e treme! Treme e teme!"

Henrique
(*levantando-se*)

"Ó vil perro! miserável!
O seu coração palpita
Agora com mais ardor
Todo o seu corpo se agita
Nas ânsias de vivo amor!
És, bem sei, de minha esposa
O amante, desgraçado,
Mas com a vida o pagarás
To juro por Satanás."

João
(*entrando a correr*)
A patroa! A patroa! (*correm todos aos competentes lugares; começam a trabalhar com zelo afetado cantarolando*)

Cena VII

Os mesmos, Quitéria *e* Luísa

Quitéria
(*pronta para sair*)
Ó Henrique, vista-se quanto antes e venha comigo à cidade, que preciso de você, tenho de fazer umas compras. Vá! (*Henrique faz um gesto de contrariedade*) Você, Luísa, corra ao meu quarto e veja-me a capa, o chapéu de sol e a bolsinha. (*Luísa sai pela D.*)

Henrique
Se não houvesse inconveniente em ir o Jacinto em vez de mim... A patroa podia dispensar-me... Eu tenho tanto serviço atrasado!...

Quitéria
Oh! Nunca o vi tão agarrado ao trabalho! Percebo! já sei que entra no tal drama grego e quer ficar para a pândega! Ora vista-se e deixe-se de histórias! Vá!

Henrique
(*à parte*)
Diabo! (*sai pela E.*)

LUÍSA
(*entrando da D. com o chapéu de sol, a capa e a bolsinha de Quitéria*)
Pronto, minha madrinha!

QUITÉRIA
(*a Flávio*)
Meu marido ainda não apareceu hoje por aqui?

FLÁVIO
Ainda não, senhora.

LUÍSA
Está à mesa com aqueles dois homens que vieram pela manhã.

QUITÉRIA
(*a Luísa*)
É verdade! Ia me esquecendo. Prepare dois quartos para esses senhores, eles passam a noite aqui.

LUÍSA
Os quartos devem ser aqui embaixo ou lá em cima?

QUITÉRIA
Lá em cima. (*Luísa sai pela D.*)

HENRIQUE
(da E., vestido para sair)
Pronto!

QUITÉRIA
Vamos lá. *(a João)* Você, pequeno, olho aberto! *(sai pelo fundo acompanhada por Henrique)*

Cena VIII

Os mesmos, menos QUITÉRIA, LUÍSA, HENRIQUE, *e logo mais o* CABOCLO

CABOCLO
(durante um instante trabalham em silêncio os operários, Caboclo aparece no fundo, vindo do lado contrário ao que tomou Quitéria. Depois de verificar que ela se afastou)
Foi-se! *(desce à cena medindo-a em passos exagerados de tragédia e fazendo a mímica de quem se embuça numa capa. Vai até Flávio e bate-lhe no ombro)* Iago!

FLÁVIO
(levantando-se)
Otelo! *(todos os outros largam o serviço e dispõem-se a ouvir a cena que se prepara entre Caboclo e Flávio)*

CABOCLO
(depois de uma pausa, em que se prepara
para falar)

"Mas por que não há de o louco
Cinqüenta mil vidas ter?
Uma só é muito pouco
Não pode satisfazer
A sede que me devora,
A sede dos ódios meus!
Ah! Bem claro vejo agora!
Quero a vingança, por Deus!
Olha, Iago, neste instante,
De minha afeição mais doce
Apago a chama radiante,
Que o vento a leve. Apagou-se!
E agora, negra vingança,
Desperta por tua vez!
És a única esperança
Desta triste viuvez!
E tu, amor, deixa o cetro,
Despe o teu manto real;
Já não és rei, pobre espectro,
Cedeste o trono ao rival!
Em negro ódio danado
Tu abdicaste à coroa;
Nossa estrela, desgraçado,
Nuvem de sangue apagou-a!
Coração, incha, maldito,
Que de peçonha estás cheio!"

Flávio
Calma! Calma!

Caboclo
"E eu repito! Sangue! Sangue!"

Flávio
"Ah! receio
Por vós, senhor: pode ser
Que, melhor pensando o ato
De Desdêmona, sobre o fato
Mudareis de parecer..."

Caboclo
"Ah! nunca Iago, não mais,
À semelhança do Pôntico
Cujas correntes jamais
Refluem; e vão a Propôntico
Pagar tributo, e ao Helesponto,
Assim os meus pensamentos
Não podem voltar ao ponto
Donde partiram, violentos!
Não voltarão mais ao casto
E humilde amor, mas terão
De servir de negro pasto
À vingança e à maldição!"
(*ajoelha-se solenemente*)
"Assim o juro e sustento
Por esta abóbada infinda
Que escuta meu juramento!"

Flávio
(*ajoelhando-se também*)

"Não vos levanteis ainda!
Eu por testemunha tomo
A vós, estrelas do céu
Que me ouvis, em como
Iago consagra o seu
Coração, seu braço e engenho
Em defender de Otelo
A honra com todo o empenho!
Ordenai, pois, heis de vê-lo,
Sujeitado às vossas leis,
Recolhê-las com respeito,
Por mais duras e cruéis
Que forem elas!"

Caboclo
"Aceito,
E vou já tua amizade
Submeter a uma prova:
Quero ouvir nesta cidade,
Dentro em três dias, a nova
De haver Cássio sucumbido."

Flávio
"É quanto basta, senhor!
Podeis dá-lo por perdido;
Mas de vós quero um favor:
Deixai que ela viva…"

CABOCLO
"Ela?!
Maldita seja a perjura!
Tão maldita quanto é bela!
Tão maldita quanto impura!
Vem comigo. É imprescindível
Ver os meios de dar cabo,
O mais depressa possível,
Daquele esplêndido diabo!
E, deste momento em diante,
Ficas sendo meu tenente."

FLÁVIO
"Pronto estou, meu comandante,
Serei vosso eternamente!"

(Levantam-se ambos ao mesmo tempo, fazem um gesto dramático e depois limpam-se as joelheiras das calças.)

CABOCLO
(piscando o olho)
Então hein? Que tal?

MANOEL
(abraçando o Caboclo)
Esplêndido! meu amigo! *(indo apertar a mão de Flávio)* Muito bem, muito bem!

CABOCLO
Isto ainda não é nada! na cena da morte (*faz que estrangula alguém*) é que são elas!

Cena IX

Os mesmos, VIRGÍLIO, DOMINGOS *e* GOMES

GOMES
(*de palito à boca, conversando com Domingos*)
Belo vinho do Porto!

DOMINGOS
Vive-se bem aqui neste Parnaso! Apolo deu-nos um magnífico almoço!

VIRGÍLIO
O meu dever é alimentar o corpo tão bem como alimento o espírito! Os senhores estão em sua casa! (*mostrando a cena*) Isto aqui são as oficinas! Ponham-se a gosto.

DOMINGOS
E o fato é que é bem agradável este lado da casa. Aqui é mais fresco do que lá dentro!

VIRGÍLIO
(*notando que os operários estudam os seus papéis*)

Ah! ah! Logo se vê que minha mulher saiu! Estão todos estudando...

CABOCLO

Ora! se chegassem dois minutos antes, teriam assistido à minha cena com Iago... (*Flávio sorri vaidosamente*)

GOMES
(*baixo a Domingos*)
Do que escapamos!

VIRGÍLIO
(*a Caboclo*)
Como correu?

CABOCLO
Sabidinho! Não faltou nada!

VIRGÍLIO
Sem papéis?

CABOCLO
Ora!

VIRGÍLIO
(*a Domingos e Gomes*)
Ensaiaram uma cena do meu *Otelo*; ah! mas eu gosto mais do outro!

Domingos
Do de Shakespeare?

Virgílio
Não, filho, falo do meu outro drama, o meu *Demócrito*.

Domingos
Ah! (*à parte*) Bom sonífero! (*alto*) Não há dúvida que o seu *Demócrito* tem belíssimas qualidades; está bem dialogado, tem ação e...

Gomes
E oportunidade...

Virgílio
Ah! Plena atualidade grega.

Domingos
Apenas noto que aquela cena...

Virgílio
Qual?

Gomes
(*à parte*)
O Domingos espicha-se!

Domingos
Aquela do... sim! aquela cena... do... do final.

Virgílio
Qual? Quando Demócrito apalpa o coração de Stratonícia?

Domingos
Justamente.

Virgílio
Quê? Não gostou?

Domingos
Ao contrário, mas tenho receio de que o público não a compreenda... É muito fina!

Virgílio
Fina?!

Gomes
É, é um tanto fina demais!

Virgílio
Mas, fina como?

Domingos
Sim, quer dizer – cena fina!

Gomes
É como se diz no teatro!

Domingos
Cena fina, final... cena final!

Virgílio
Ah! percebo! É a cena fina do segundo ato.

Domingos
Se ela tivesse um pouco mais de movimento, podia rivalizar com...

Virgílio
Com quê?

Domingos
Com as outras...

Virgílio
Ó senhor! Pois se esta é justamente a minha cena mais caprichada! O ponto principal da obra!...

Domingos
Não digo o contrário mas...

Virgílio
E para prova vão ver! Ó Caboclo! Chama tua mulher!

Domingos
Não! não! não! não se incomode! Estamos de acordo.

VIRGÍLIO

Nada! Isto são coisas que só se provam com os fatos. (*ao Caboclo*) Não ouviste?

CABOCLO

Meu padrinho vai ensaiar o grego?

VIRGÍLIO

Vou! vá! A Luísa que venha aqui quanto antes. (*Caboclo sai correndo pela D.*) (*a Domingos e Gomes, ressentido progressivamente*) Hei de provar-lhes que se enganam!

DOMINGOS

Oh! Por amor de Deus, senhor Virgílio! Não é preciso! Não é preciso!

GOMES
(*à parte*)
Limpa-te neste guardanapo!

VIRGÍLIO

Há de ficar demonstrado que a minha cena final ou fina como queiram, tem muito movimento, tem todo o interesse dramático...

DOMINGOS

Mas ninguém duvida, senhor Virgílio!

Virgílio
Fria! Fria a minha cena da Stratonícia! Uma cena que até me fez chorar quando a escrevi! Fria! Ora esta!

Domingos
Mas ninguém disse que ela é fria.

Virgílio
(*zangado*)
Ora! Ora!

Cena X

Os mesmos, Caboclo *e* Luísa

Caboclo
(*da D., trazendo Luísa*)
Cá está ela!

Virgílio
Bom! (*a Flávio*) Flávio! dá-me aí esse banco! (*Flávio entrega-lhe o seu banco que Virgílio coloca no meio da cena, um pouco para a esquerda*) Luísa, tu, aqui! (*fá-la assentar-se no banco*) Sabes bem a cena da câmara? (*a Domingos e Gomes, mostrando-lhes o banco*) Isto é um dossel grego! Bom! Ó Henrique! (*pausa*) Ó Henrique! Onde diabo se meteu este rapaz?

FLÁVIO
O Henrique foi com a patroa à cidade.

VIRGÍLIO
(*contrariado*)
Diabo! (*com uma resolução*) Está bom! Não faz mal. Caboclo! Anda cá!

CABOCLO
Eu?

VIRGÍLIO
Tu conheces esta cena?

CABOCLO
Que cena?

VIRGÍLIO
A do leito!

CABOCLO
Como eu não entrava na peça...

VIRGÍLIO
É exato, mas não tem que saber. Em duas palavras eu te explico tudo! (*atenção geral*) Olha! Demócrito é o marido da princesa Stratonícia. Esta princesa trai seu esposo com o pajem Nicator. Demócrito sabe que é traído, mas ignora ainda qual dos seus cortesões é o cúmplice

da traição. Entretanto o amor da princesa por tal modo vai crescendo de dia para dia que afinal a põe doente e faz recear pela sua preciosa vida. Vem o médico, examina-a, descobre a verdadeira causa da moléstia e declara tudo com franqueza ao marido. Então este, cheio de ciúmes, e ardendo por saber quem é o seu rival, faz desfilar por defronte da augusta enferma, um por um, todos os moços fidalgos de sua casa real; ficando ele, Demócrito, com a mão sobre o peito de Stratonícia, certo de que na ocasião em que for passando o criminoso ela estremecerá, e o coração baterá com mais força. Assim acontece! O coração da princesa pulsa com mais violência na ocasião de passar Nicator! De sorte que tu, que vais fazer Demócrito, tens no momento em que passar o pajem, de dizer... (*outro tom, e voltando-se para os operários*) Onde está a parte do Henrique?

FLÁVIO
Está aí, sobre a mesa. (*vai buscar no lugar de Henrique o papel que este aí deixou ao sair. Entrega-o depois a Virgílio*)

VIRGÍLIO
Tens de dizer: (*lendo no papel*)

"Oh! És tu de minha esposa
O amante, traidor!

Seu coração bate agora
Com mais febre, mais ardor."

E, depois da réplica de pajem, dirás então tudo isto que aqui está: (*lê*)

"Ó vil perro miserável
Descarado, sem pudor!
O seu coração palpita,
Palpita com mais..."

Etc., etc., etc.! (*entregando-lhe o papel*) Aí o tens! (*o Caboclo recebe em silêncio o papel e fica embebido a estudá-lo, enquanto Virgílio vai a ter com João e diz-lhe confidencialmente*) Olha, tu, no teu papelzinho de Nicator, muito pouco tens que fazer! Na ocasião em que chegares ao pé de Luísa, faz-te fino e olha para ela assim. (*requebra os olhos*) Depois, mais nada, segue teu caminho e vai ficar com os outros, até o momento em que te matam! Compreendes?

João
E depois?

Virgílio
Depois – estás morto! (*recomendando*) E não te mexas! Compreendes? (*João sacode afirmativamente com a cabeça*) Ora muito bem! Agora mãos à obra! Onde estão os pequenos

que fazem as anãs que têm de conduzir a princesa ao dossel?

Manoel

O patrão bem sabe que eles só vêm ao domingo. Hoje estão em serviço no mangueiral.

Virgílio

Não me lembrava de que estamos ainda no sábado! Ó Joãozinho! Dá um pulo ao mangueiral e dize aos filhos do Zé Coxo que venham cá.

Domingos

Mas o que têm de fazer os filhos do Zé Coxo?

Virgílio

Têm de amparar a princesa e conduzi-la até o dossel.

Gomes

Só isso?

Domingos

Não falam?

Virgílio

Não.

Gomes

Oh! Para isso não vale a pena esperar por eles. Nós fazemos as anãs.

VIRGÍLIO

Oh! Meus senhores! Encarregarem-se de uns papéis tão insignificantes...

DOMINGOS

Em peças de certa ordem não há papéis insignificantes.

VIRGÍLIO

Pois então está dito! (*a todos*) Fora de cena! (*entram todos menos Virgílio e Caboclo. Falando para dentro*) O Sr. Domingos e o Sr. Gomes não têm mais que conduzir a princesa ao dossel! (*Luísa volta amparada por Domingos e Gomes. Entram do fundo e assentam-se no banco. Uma vez aí, Domingos e Gomes vão postar-se à direita como quem acaba o serviço. Virgílio dirigindo-se aos que estão ainda lá dentro*) Vocês, vão desfilando até aqui! (*assinala a D.B.*) Um por um. Vamos a ver! Desfilem! (*ninguém se mexe*) Então, venham pra cá! (*começam os operários a desfilar andando naturalmente*) Tá! Tá! Tá! Não é isso, filhos de Deus! Vocês, que diabo, andam, como se não estivessem representando! Isso não serve! Olhem pra mim! (*vai à E.A. e desce à cena em passos trágicos*) Assim é que se anda nas tragédias! Lembrem-se de que estão em pura Grécia! Plena Idade Média! Têm todos vocês de passar pela Luísa e fazer-lhe um cumprimento com a cabeça! Assim! (*faz um cum-*

primento) E depois seguem! Tu lá, Joãozinho, ficas para o fim, que és o pajem!

CABOCLO
(*fechando a parte que tem estado a estudar até aí*)
Pronto!

VIRGÍLIO
(*ao Caboclo*)
Aqui! (*coloca-o ao lado de Luísa*) A mão sobre o peito dela! (*coloca-lhe a mão sobre o peito de Luísa*) Assim! muito bem! (*fazendo aos operários um gesto para que eles tornem a entrar na porta do fundo*) Pra os seus lugares! (*os operários tornam a entrar na porta do fundo, Virgílio vai incorporar-se ao grupo de Domingos e Gomes. Bate palmas*) Vai começar! (*com um gesto chama os operários e depois dá sinal a Luísa para principiar*)

LUÍSA
(*recitando, enquanto desfilam os operários*)

"Não, Demócrito, não queiras
Descobrir por que padeço!
Sigo impulsos de minh'alma,
Cuja causa desconheço!
Em vão busco a doce calma
Dos meus dias já passados,

Tudo é debalde. Uma esteira
De imaginários pecados
Vai me seguindo ligeira
Como a sombra..."

(*Nesta ocasião Flávio, que vai desfilando
com os outros deve ter chegado defronte
de Luísa e fazer-lhe o seu
cumprimento.*)

Caboclo
"Este é de minha esposa
O amante, traidor!"

(*Todos soltam um gargalhada
menos Virgílio.*)

Virgílio
Ó bruto! Não é este, é o João! E eu a matar-me com explicações!

Caboclo
(*rindo*)
Meu padrinho não disse que era o João...
(*riem todos intencionalmente e cochicham*)

Virgílio
Ora! se disse! (*a Domingos*) Não ouviu? (*Domingos responde afirmativamente com a cabeça*)

CABOCLO
(*ingenuamente*)
Pois, olhem a culpa não é minha, porque, na ocasião em que passou Flávio, minha mulher estremeceu e o seu coração bateu com mais força! (*todos riem explosivamente*)

MANOEL
(*ao operário que lhe ficava mais perto*)
O Flávio é quem devia fazer o pajem!

CABOCLO
E eu pensava que ele é que era o amante da princesa! (*todos riem prolongadamente*)

VIRGÍLIO
Dei o papel ao João, o papel é do João! (*riem*)

DOMINGOS
(*a Manoel*)
Mas por que riem todos deste modo? (*Gomes aproxima-se com curiosidade de Manoel, e este diz-lhe em segredo, e mais ao Domingos. Todos três soltam uma risada*) Isto no teatro daria sorte!

GOMES
Impagável! Esplêndido!

CABOCLO
Impagável! Esplêndido...

Virgílio
(*que já está cuidando de reorganizar um novo ensaio*)
Vamos! Vamos principiar de novo! Fora de cena! Fora de cena! Aos seus lugares. (*saem todos pelo fundo, menos Caboclo*)

Cena XI

Caboclo
(*só*)

Caboclo
(*sem compreender nada absolutamente*)
A culpa foi de Luísa, não foi minha... O seu coração bateu com mais violência. Além disso o papel não é meu, é do Henrique... Minha mulher não esperou pela deixa para estremecer. O seu coração bateu mais forte quando Flávio passou... (*pausa*) Impagável?... Esplêndido?!... (*como ferido de um raio*) Ah! compreendo... sou eu que entro no drama...

(*Cai o pano.*)

ATO TERCEIRO

(*Uma sala em desarranjo. Uma porta ao fundo e duas de cada lado. Entre as da direita cinco bastidores de teatrinho encostados contra a parede, uns sobre os outros, à esquerda e quase no centro da cena dois colchões, atirados negligentemente no chão e meio cobertos por uma colcha de cores vistosas; mais à esquerda uma mesinha com uma lâmpada etrusca; espalhados pela cena vêem-se armas e roupas antigas, capacetes, cabeleiras, um tapete dobrado e mais apetrechos de teatro; contrastando com tudo isto, a mobília moderna da sala. Anoitece.*)

Cena I

CABOCLO
(*só*)
(*O Caboclo, assentado em uma cadeira ao lado da mesa, tem a cabeça apoiada em uma das*

*mãos e medita muito preocupado. Depois de
meditar por algum tempo, cobre o rosto com
ambas as mãos e começa a chorar.
Pausa prolongada.)*

Cena II

CABOCLO *e* QUITÉRIA

QUITÉRIA
(*entra da D.B. naturalmente, mas ao ver o
Caboclo, suspende os passos e, depois de
observá-lo, encaminha-se para ele e vai
bater-lhe no ombro. O Caboclo volta-se logo,
procurando esconder a sua comoção*)
Que tens?

CABOCLO
(*erguendo-se*)
Nada!

QUITÉRIA
Tu choras!...

CABOCLO
Eu? Ora! Por que havia de chorar?...

QUITÉRIA
Vamos! Fala!

Caboclo
Não! Não tenho nada! (*faz menção de sair. Quitéria o detém*)

Quitéria
Não! Alguma coisa te faz sofrer, e eu hei de saber o que isso é! Convence-te de que não tens melhor amiga do que eu! Conheço-te melhor que ninguém, meu filho! Cresceste-me nos braços, e sei perfeitamente que não és homem para chorar à toa! (*a um gesto de retraimento do Caboclo*) Não tenhas receio de mim, fala-me com franqueza, se não queres que eu te repreenda, como faço quando cometes alguma falta no serviço! Não é a patroa que te fala agora, é tua mãe! (*abraça-o, e ele deixa a cabeça cair no colo dela e começa a soluçar*) Vamos, meu filho! Então! Então! (*Caboclo não responde e continua a chorar*) Seria capaz de jurar que tudo isto é por causa de Luísa...

Caboclo
(*afasta-se de Quitéria e encara-a fixamente*)
Ah! Então a senhora também desconfia dela? E por que não ri, como riram os outros?...

Quitéria
Rir-me? De quê?

CABOCLO

De quê? Vá lá dentro perguntar a todos por que riram quando aquele miserável passou, e eu disse que ele era o amante de minha mulher!

QUITÉRIA

Flávio?

CABOCLO

(*rindo nervosamente*)
Ah! ah! Eles têm toda a razão! É impagável! É esplêndido!

QUITÉRIA

Que queres tu dizer, Luís?

CABOCLO

O que eu quero dizer? Quero dizer que Flávio é amante de... sua afilhada! Quero dizer que toda esta canalha aqui da fábrica, toda essa gente, a quem eu sou capaz de torcer nas mãos e esmagar com os pés, toda ela se diverte à minha custa, sabe Deus há quanto tempo!

QUITÉRIA

Tens provas?

CABOCLO

Para quê? Para mais me convencer de que escarnecem de mim?! Para isso, bastam-me as risadas dos meus companheiros de trabalho, bastam-me os olhares mal disfarçados e encobertos! e aquelas duas palavras, que me enlouquecem: Esplêndido! Impagável! Esplêndido! por quê? Impagável! o quê?

QUITÉRIA
Isso não são provas, são suspeitas, e suspeitas eu também já tenho desde ontem; mas tal não basta e é preciso antes de tomares qualquer resolução a respeito de tua mulher, que tenhas plena certeza de que ela te é infiel!

CABOCLO
A senhora a defende?...

QUITÉRIA
Sim, defendo-a enquanto não estiver provado o seu crime. Se, porém, ela com efeito te enganou, terá em mim a mais implacável adversária! Ouve, Luís, quero muito e muito àquela rapariga. Como a ti, criei-a desde pequenina, fui eu a sua protetora e a sua mãe; não conheci outros filhos que não fossem vocês dois, mas, se a ingrata, esquecendo dos exemplos que lhe dei, atirou-se à lama, não serei eu quem a resgate! Ao contrário quero vê-la castigada, pior que nenhuma outra, porque esta não tem desculpa. Tudo perdôo a quem estimo, nunca porém perdoarei semelhante infâmia! Se ela te enganou com efeito,

procede como entenderes. Ela é tua mulher, pertence-te! (*pausa*) Já vês que não a defendo! mas faltam-te as provas.

CABOCLO
Provas! E como descobri-las?

QUITÉRIA
Observa! Espreita!

CABOCLO
Eu? (*tomando uma resolução*) Preciso espreitá-los e segui-los como a própria sombra! (*tomando nas mãos as de Quitéria*) Além da senhora, ninguém desconfia das minhas suspeitas, posso rondá-los à vontade!

QUITÉRIA
É o que deves fazer!

VIRGÍLIO
(*dentro*)
Sem um monólogo, nem um aparte!... (*ouve-se uma gargalhada de Gomes e Domingos*)

QUITÉRIA
Aí chega alguém! (*sai pela direita*)

CABOCLO
Agora sim preciso fingir deveras! Agora é que preciso ser bom ator. Espreitemos! (*sai pela D.A.*)

Cena III

Virgílio, Domingos e Gomes

(*Entram do fundo e param na porta como continuando uma conversa. Ao correr desta cena, entra da D.B. um criado com duas velas.*)

Domingos
Com quê! nem monólogos, nem apartes?

Virgílio
Nada. (*descem à cena, Domingos assenta-se em uma cadeira e Gomes assenta-se no colchão*) Mas bem, continuando a nossa conversa... dizia então o senhor que o meu *Demócrito* não lhe deixou pregar olho!...

Domingos
É verdade, meu caro senhor Virgílio, e olhe que, para uma peça chegar a mexer-me com os nervos deste modo, a mim, macaco velho de teatro, é preciso que ela seja realmente muito forte!

Virgílio
Ah! Confesso que caprichei quanto pude naquele trabalhinho. Modéstia à parte creio que não saiu dos piores...

####### Domingos

Pois bem, quando o senhor nos encontrou depois de jantar, o Gomes insistia comigo para que, desde já, tratássemos de assegurar a aquisição das suas obras e firmássemos um contrato com o senhor.

####### Virgílio
(*desvanecido*)
Oh! meus senhores!

####### Domingos
Ah! Eu sei o que são estas coisas!... O que não falta por aí são especuladores!...

####### Gomes
E cavalheiros de indústria...

####### Virgílio
Os senhores podem dispor das minhas peças como o entenderem...

####### Domingos
Oh! Se dependesse só de nós, já desde ontem mesmo as suas peças estariam em caminho do Conservatório!...

####### Gomes
E da polícia.

Virgílio
Mas, qual é o obstáculo?

Domingos
(*tirando uma carteira do bolso*)
Ah! meu caro autor, V. Sª não sabe da missa nem a metade!... (*mostrando uma folha escrita da carteira*) Só aqui nesta lista de acionistas há nada menos de cinco autores...

Virgílio
Cinco?

Gomes
É que se escrevem muito mais dramas do que parece à primeira vista!

Domingos
Convenho que a melhor obra destes cinco acionistas não vale a cena mais fraca de seu *Demócrito*; mas o autor será da mesma opinião? Duvido!

Gomes
Não tem que duvidar. Cada um deles está convencido de que a sua peça é a melhor de todas e que por conseguinte deve ser representada em primeiro lugar...

Virgílio
Sim, mas daí?

Domingos
Daí é que, uma vez que cada um dos autores acionistas está convencido de que a sua peça é a melhor, como poderei eu pôr em primeiro lugar a representação do seu *Demócrito?*

Virgílio
Ora essa! Não pensei em semelhante obstáculo!

Domingos
Felizmente para nós, até aqui ainda não achei oportuno recolher as competentes entradas de cada um dos acionistas; ora, nós poderíamos arranjar as coisas de modo que, se bem não seja o nome de Vossa Senhoria o primeiro da lista, seja o primeiro do livro de caixa!

Gomes
Bem achado...

Virgílio
Não precisa mais nada! Aí está o meio!

Gomes
(*à parte*)
No meio estás tu!...

VIRGÍLIO

O senhor já não me sai aqui de casa sem o dinheiro das ações!

DOMINGOS
(*com escrúpulo*)
Mas...

VIRGÍLIO

Não admito objeção! E, se não vou buscar o cobre imediatamente, é porque já está anoitecendo e ainda temos muito que fazer para o espetáculo de hoje!

DOMINGOS
Que precipitação!

VIRGÍLIO
É verdade! E aquele demônio do Flávio, que mandei com pressa à cidade e até agora ainda não voltou?

DOMINGOS
Ele entra no seu *Otelo*?

VIRGÍLIO
Faz o Iago! Mas, vamos, vamos, que não temos tempo a perder! (*sai pelo fundo*)

DOMINGOS
(*a Gomes, acompanhando ambos Virgílio*)
Viste?

GOMES
Gostei! (*saem*)

Cena IV

CABOCLO
(*só. Entrando da D.B. com o ar preocupado, depois de examinar se está só em cena*)
Ele ainda não voltou! (*assenta-se concentrado e medita um instante com a cabeça entre as mãos*) Impagável?... Esplêndido? (*pausa*) Esplêndido. Estremecer Luísa, bater-lhe o coração quando Flávio passava?... Esplêndido, por quê? (*pausa*) E por que riram?... aí estão as provas!... (*pausa*) Mas não; não é possível que ela me engane! Enganar-me por quê? Que lhe fiz eu, para merecer-lhe tamanha maldade?!... Não! Ela veria logo que semelhante coisa seria a minha desgraça, a minha perdição! Não, não pode ser! Aquele riso com certeza não era o que eu supus! Como se poderia acreditar que a minha Luísa que eu conheci deste tamanho (*estende o braço*), tão inocente, tão meiga, tão pura, crescesse e ficasse mulher, só para enganar seu marido?... Não! Não é possível! Deus

não a teria deixado viver para isso! Deus a teria chamado a si enquanto ela ainda era um dos seus anjos! (*pausa. Reação*) Mas então por que me olhavam daquele modo? Por que riam em torno de mim? Por que "Esplêndido"? Por que "Impagável"? E ele, o infame, por que ficou mais branco do que a cal da parede? Sim! Por quê? se não tinha culpa? (*pausa*) Ela, a quem eu amava como a um Deus! Ele, que eu estimava e protegia como a um irmão! Por que haviam ambos de matar-me deste modo?! Matar-me sim porque, se me não provarem que enlouqueci, se a minha cisma não é de doido, eu não quero a vida para mais nada! Que me importa a verdade inteira se não posso sofrer mais do que já sofro agora! (*ouve-se Luísa cantar lá dentro um estribilho alegre*) Ela! (*vai sair pela D.B., mas notando os bastidores, esconde-se por detrás de um deles*) Aqui!

Cena V

Luísa *depois* Flávio

Luísa
(*entra do fundo, cantarolando com ar
de disfarce, olha para todos os lados,
convence-se de que está só, deixa então
de cantar, vai ao fundo, transpõe a porta*

*e faz lá dentro sinal de chamar para a
esquerda, depois entra de novo em cena)*

FLÁVIO
(*do fundo, cautelosamente, vem em traje de
rua, com uma trouxa debaixo do braço*)
Ninguém?

LUÍSA
Ninguém! Que queres tu?

FLÁVIO
Preciso tanto falar contigo e não mo foi possível antes de ir à cidade.

LUÍSA
Falar de quê?

FLÁVIO
De teu marido. Estiveste com ele?

LUÍSA
Quando?

FLÁVIO
Durante a minha ausência!

LUÍSA
Estive.

FLÁVIO
E então?

LUÍSA
Então, quê?

FLÁVIO
Não lhe notaste nada?

LUÍSA
Acaba por uma vez! Notar o quê?

FLÁVIO
Pois não viste como ele nos olhava ontem, no fim do ensaio?

LUÍSA
Ora!

FLÁVIO
Queira Deus que me não engane!

LUÍSA
Desconfiança tua!

FLÁVIO
Pois olha que não estou nada tranqüilo! Passei todo o dia apoquentado por esta idéia!

LUÍSA
És medroso!

Flávio
Medroso não! o que eu não quero é ser apanhado de surpresa! (*Luísa ri*) Ah! não sabes o que é esta gente! De caboclo tudo se espera!

Luísa
Ora qual! Conheço bem o homem com quem sou casada!...

Flávio
Não sei! Tenho medo de uma traição! Ele é mais fino do que supões! Ninguém como Caboclo para disfarçar.

Luísa
Não aquele!

Flávio
Quem sabe lá!

Luísa
Não o conheces! só vê o que lhe está entrando pelos olhos!

Flávio
Tens certeza disso?

Luísa
Ora! mais certeza do que é preciso! E, que diabo! Se estás deveras receoso, faze o que tantas vezes dantes me propuseste.

Flávio
Fugir contigo?

Luísa
Então!

Flávio
Não digo o contrário, mas, por ora acho que ainda podemos evitar a fugida.

Luísa
Eu estou por tudo!

Flávio
Sonda-o bem, vê se lhe descobres qualquer coisa, se descobrires, engabela-o com os teus carinhos; eu disfarçarei pelo meu lado!

Luísa
Se tens empenho nisso...

Flávio
Sim, vai ter com ele quanto antes. Fala-lhe, fala-lhe com jeito, estuda-o, e vem logo em seguida, dizer-me o que notaste; estou impaciente por saber ao certo o que há e o que não há! Vai, que eu tenho de ir entregar isto ao patrão. (*mostra a trouxa*)

Luísa
Então até já. (*sai correndo pela D.B.*)

FLÁVIO
Vai, vai! (*sai pelo fundo*)

Cena VI

CABOCLO, *depois* VIRGÍLIO, DOMINGOS *e* GOMES

CABOCLO
(*sai de detrás do bastidor, completamente transformado notando-se-lhe uma idéia fixa e uma certa expressão de loucura, que irá se desenvolvendo com o correr do ato. Dá alguns passos pela cena*)

VIRGÍLIO
(*do fundo acompanhado por Domingos e Gomes*)
Ora, muito obrigado! Penso que venho encontrá-lo já pronto e acho-o ainda neste bonito gosto! Ora, já viram que espetáculo caipora?... O outro só agora foi se vestir, porque só agora chegou da cidade! Este – neste estado!

DOMINGOS
(*a Virgílio*)
Ó homem! há tempo! há tempo! Também o senhor por tudo se mortifica!

VIRGÍLIO

É que se faz tarde! (*consulta rapidamente o relógio. Ao Caboclo por lhe notar a impassibilidade*) E tu?! Ficas aí a cismar?! Não te vestes?!

CABOCLO

(*fitando-o estranhamente*)
Tenho medo!

VIRGÍLIO

Medo? Ora essa! Por quê, rapaz? Não sabes por acaso o teu papel? Não te achas com força de sentir e compreender bem a situação?... (*Caboclo meneia afirmativamente a cabeça*) Então, deixa-te de histórias! Vai te vestir. (*leva-o para a porta da D.A.*)

GOMES

(*a Caboclo que está dentro*)
Olha filho, antes de entrares em cena, em vez de te benzeres, carrega (*faz sinal de beber*) um pouco! Segue o meu conselho e não terás medo!

VIRGÍLIO

(*a Gomes*)
Oh! por amor de Deus não lhe aconselhe semelhante coisa! Ele nunca bebeu e seria capaz de fazer o diabo! O meu *Otelo* é que sofreria com a brincadeira!

Domingos
(*ao Caboclo*)
Não! o que você deve fazer, quando estiver em cena, é imaginar com os seus botões que tudo o que está dizendo e fazendo é verdade...

Virgílio
Ah! Isso sim!

Domingos
Suponha por um momento que sua mulher é com efeito a tal Desdêmona e que você é o Otelo! (*Caboclo sai vestido*) Deixe endireitar-lhe a faixa!

Caboclo
Tenho medo!

Virgílio
Medo! Medo! Não sei de quê! Então que direi, eu, o autor! O papel te está que é uma luva! (*vai buscar o turbante*) Aqui tens o turbante! (*coloca-lhe o turbante na cabeça*) Assim! Muito bem!

Domingos
E o alfanje?

Virgílio
É verdade! Íamos nos esquecendo do principal! (*vai à gaveta da mesinha e tira daí um punhal*) Aqui está. (*mostrando o punhal a Domin-*

gos) Acho isto mais lógico! (*dá o punhal a Caboclo, que o recebe distraidamente*)

CABOCLO
Uma arma? Para quê?

VIRGÍLIO
Ora, filho, não te lembras que no último ato, quando apagas a lâmpada, antes de matar Desdêmona, atiras um punhal ao chão? (*Caboclo faz um gesto de assentimento e coloca o punhal no cinto*) Creio que não lhe falta mais nada (*a Domingos, recuando e contemplando o Caboclo*) E não é que está imponente, o diabo do rapaz? (*entra um criado*)

CRIADO
(*a Virgílio, entrando da D.B.*)
Chegou a música!

VIRGÍLIO
(*eletrizado*)
Muito bem! (*a Domingos e Gomes*) Não ouviram? Está aí a música! Vamos! Vamos! (*ao Caboclo saindo*) Ainda tens tempo de dar uma vista d'olhos pelo papel.

DOMINGOS
Vamos lá. (*saem todos três pelo fundo*)

Cena VII

Caboclo, *depois* Luísa

Caboclo
(*só, depois de uma pausa*)
Já não resta dúvida!... (*pausa prolongada depois da qual recita como alucinado*)

"Ah! Bem claro vejo agora!
Quero a vingança, por Deus!
Olha, Iago, neste instante
De minha afeição mais doce
Apago a chama radiante.
Que o vento a leve. Apagou-se!
E agora, negra vingança,
Desperta por tua vez,
És a única esperança
Desta triste viuvez!
E tu, amor deixa o cetro,
Despe o teu manto real,
Já não és rei, pobre espectro
Cedeste o trono a um rival!
Em negro ódio danado
Tu abdicaste à coroa;
Nossa estrela, desgraçado,
Nuvem de sangue apagou-a
(*Luísa aparece ao fundo*)
Coração, incha, maldito!
Que de peçonha estás cheio!"

LUÍSA
(*entrando*)
Bravo! muito bem! (*admirando-o*) Sim senhor! Estás esplêndido!

CABOCLO
(*sorrindo amargamente*)
Esplêndido!!

LUÍSA
Mas que tens? Acho-te mudado!

CABOCLO
Parece-te? É natural! Não vês que agora eu sou Otelo?

LUÍSA
E o caso é que vais melhor do que esperava!...

CABOCLO
Pudera!

LUÍSA
(*chegando-se para ele com carinho e
pousando-lhe a mão no ombro*)
E o senhor Otelo não faz uma festinha à sua Desdêmona por lhe haver arranjado uma roupa tão bonita?

CABOCLO
Depois!

LUÍSA
Depois? Estranho-te!

CABOCLO
Não sei por que...

LUÍSA
Estás zangado comigo?

CABOCLO
Eu? Que idéia!

LUÍSA
Acho-te outro.

CABOCLO
Não! Engano teu!

LUÍSA
É a representação de hoje que te preocupa desse modo?

CABOCLO
E achas pouco?

LUÍSA
Se assim é, dá-me um abraço... quero ir daqui plenamente convencida de que não estás mal comigo!

CABOCLO
(*deixando-se abraçar*)
Quanto és bondosa e meiga!

LUÍSA
Estou tranqüila. Vou vestir-me. (*dá-lhe um beijo*)

CABOCLO
Vai, vai! que se aproxima a hora!

LUÍSA
Até já. (*sai pela E.B.*)

CABOCLO
Até já. (*sai lentamente pela D.B.*)

Cena VIII

FLÁVIO, *depois* LUÍSA

FLÁVIO
(*do fundo, vestido à Iago*)
Se eu pudesse falar com ela! (*olha para a porta da E.B.*) Está se vestindo. Não me animo a bater!

LUÍSA
(*da E.B., sem deixar a porta, aparece despenteada, com o vestido solto, o ar cauteloso*)
Ah!

FLÁVIO
(*indo ter com ela*)
Falaste já com ele?

LUÍSA
Já.

FLÁVIO
E então?

LUÍSA
Não sei. Ele diz que não há nada, mas...

FLÁVIO
Explica-te!

LUÍSA
Estranhei-o.

FLÁVIO
Que te dizia eu? (*o Caboclo aparece no fundo sem ser visto*)

LUÍSA
Daí pode ser que não seja por nossa causa...

FLÁVIO
E eu digo que é!

LUÍSA
Então fujamos!

Flávio
Mas...

Luísa
Quê! Não queres?

Flávio
Quero, mas como?

Luísa
E é a mim que o perguntas? Isso é contigo!

Flávio
Espera! (*fica pensando*)

Luísa
Não há tempo a perder!

Flávio
(*com uma idéia*)
Cala-te! Entre o primeiro e o segundo ato estarão todos distraídos, tu vens ter ao jardim, eu lá estarei e...

Luísa
Muito bem!

Flávio
Vai! (*Luísa dá-lhe um beijo, fechando logo em seguida a porta*)

Cena IX

Flávio e Caboclo

Flávio
(*vai encaminhando-se para o fundo;
quando dá com o Caboclo, que passa à
E. e Flávio à D., Caboclo vai ter com ele e
pousa-lhe a mão no ombro*)
Que é isto?

Caboclo
Isto é a continuação do que acaba de se passar aqui. (*aponta para a porta da E.B.*)

Flávio
Aqui?!

Caboclo
Sim! (*segura-o com o braço esquerdo*) Tu és o amante de minha mulher!... Queres levá-la contigo! Não a levarás! Ela me pertence! É minha!

Flávio
(*fazendo esforços para arrancar-se da mão
de Caboclo*)
Deixa-me!

Caboclo
É inútil! Sempre fui mais forte do que tu, quanto mais agora!

FLÁVIO
Que queres de mim? Fala de uma vez!

CABOCLO
Quero que digas o que farias no meu lugar...

FLÁVIO
Eu?

CABOCLO
Sim, tu!

FLÁVIO
Larga-me!

CABOCLO
Fala!

FLÁVIO
Larga-me, ou te arrependerás para toda a vida!

CABOCLO
Fala!

FLÁVIO
Deixa-me!

CABOCLO
(*apontando-lhe o punhal contra o coração*)
Fala ou eu te mato!

FLÁVIO
Oh! (*foge com o corpo do punhal*)

CABOCLO
Vamos, fala!

FLÁVIO
Mas que hei de dizer?

CABOCLO
Não sei! Pensa, decide!

FLÁVIO
O quê?

CABOCLO
Que farias tu no meu lugar, se ela fosse tua mulher e eu o seu amante?

FLÁVIO
Olha que me feres!

CABOCLO
Fala!

FLÁVIO
Oh! Isto é uma covardia. E tu nunca foste covarde!

CABOCLO
(*lançando fora a arma e recuando. Neste momento ouve-se tocar música lá dentro bem longe*)
Covarde eu?...

FLÁVIO
Mas...

CABOCLO
Foge... ou eu te mato como a um cão.

FLÁVIO
Hei de me vingar. (*sai pelo fundo*)

Cena X

CABOCLO *depois* LUÍSA

CABOCLO
(*só*)
Foi melhor assim! (*aponta para a porta da E.B.*) Ela primeiro! Era sua a melhor parte do meu amor, pertence-lhe a melhor parte do meu ódio e da minha vingança! (*abre-se a porta da E.B.*)

LUÍSA
(*vestida de Desdêmona, adianta-se dois passos em cena*)
Pronto!

CABOCLO
Ah! Chegas a tempo! (*corre sobre ela e agarra-a*) Entras agora em cena! Esperava-te, Desdêmona! Minha doce e fiel companheira! Casta ilusão de minha alma! Estrela de minha vida! Fizeste bem em vir!

LUÍSA
(*retraindo-se*)
Enlouqueceste?

CABOCLO
És minha! Não me escaparás!

LUÍSA
Acudam!

CABOCLO
(*fechando-lhe a boca com a mão direita e conservando-a presa com a esquerda*)
Não chames! Ninguém te acudirá! És minha! e hei de apagar tua vida, como se apaga a luz de uma lâmpada!

LUÍSA
(*conseguindo escapar-lhe das mãos*)
Socorro! (*dá uma volta em cena perseguida pelo Caboclo*) Flávio! (*neste momento tropeça no colchão e cai*)

CABOCLO
(*precipitando-se sobre ela e tomando-lhe o pescoço com as mãos*)
Ah! miserável! É a morte que chamas! (*sufoca-a. Depois rindo desvairado*) Grita! Chama Flávio! Vê se ele te acode!

Cena XI

Os mesmos e os mais da peça menos FLÁVIO

(*Entram por todas as portas menos as da esquerda. Alguns dos operários devem vir vestidos para o Otelo.*)

VIRGÍLIO – Que é isto? Que é isto?
DOMINGOS – Que foi?
QUITÉRIA – Meu Deus!
MANOEL – Que é?
HENRIQUE – Que sucedeu?
GOMES – Que há?

(*quase ao mesmo tempo*)

VIRGÍLIO
(*depois de ir até o colchão onde Luísa já está morta, recua aterrado encarando o Caboclo*)
Morta! Que fizeste?!

Caboclo
(*desvairado*)
Fiz o drama! Não queriam drama?! Aqui o têm... Aplaudam! Vamos, aplaudam! (*a Quitéria que se tem aproximado*) Eis as provas! (*recitando*)

"Neste instante
De minha afeição mais doce
Apago a chama radiante!"

Quitéria
Desgraçado. (*vendo Luísa*) Ela!

Caboclo
Ela?
"Maldita seja, a perjura!
Tão maldita quanto é bela!
Tão maldita quanto impura!"

(*solta uma gargalhada e depois,
completamente fora de si*)

"Mas por que não há de o louco
Cinqüenta mil vidas ter,
Uma só é muito pouco!
E eu repito! Sangue! Sangue!"

(*solta uma nova gargalhada*)

Impagável! Esplêndido! Aplaudam! Aplaudam! Isto é o drama! (*solta uma gargalhada mais nervosa e prolongada e cai desfalecido nos braços de todos os outros que correm para ampará-lo*)

(*Cai o pano.*)

FIM

Cromosete
Gráfica e editora ltda.

Impressão e acabamento.
Rua Uhland, 307 - Vila Ema
03283-000 - São Paulo - SP
Tel./Fax: (011) 6104-1176
Email: cromosete@uol.com.br